RIBBY'S HEMLIGHET

Cathy McGough

Stratford Living Publishing

VAD LÄSARNA SÄGER...

USA:

"Hela historien är söt ibland, men för det mesta är den skrämmande. Författaren har ett intressant sätt att berätta en historia och gjorde denna bok mycket underhållande."

"Precis som Bernheimer Cathy McGoughs berättelsestil inte är för alla. Det krävs en hel del "suspension of disbelief" för att acceptera Angelas närvaro och flera händelser och situationer i handlingen. Jag tror att ansträngningen är värd tiden. Jag ser fram emot att utforska mer av den här författarens arbete."

"En njutbar och störande läsning och den levererade på löftet om att vara en psykologisk inhemsk thriller."

"En mörk, psykologisk thriller som kommer att få dig att sitta på kanten äv din stol och vägra att lägga ner den förrän du har nått slutet!"

"Wow! Vilken resa den här var! Sättet som den här historien berättas på kommer att få dig att undra vad som just hände med dig."

"Det här är en fullfjädrad psykopatisk kvinnoskräckhistoria, berättad med torr humor."

STORBRITANNIEN:

"Ribby bär på så många hemligheter. En härlig men sorglig historia."

"Ribbys hemlighet är både intressant och underhållande, men också störande på många nivåer och är väl värd att läsa."

"Välskriven med övertygande karaktärer och en spännande resa."

Innehåll

"Mina hemligheter ropar högt.

Jag har inget behov av tunga.

Mitt hjärta håller öppet hus,

Mina dörrar är vidöppna."

Theodore Roethke

För låtsasvänner och de som behöver dem

POEM:

PÅ YTAN
Copyright © 2014 Cathy McGough

Spegel,
Du reflekterar
mig med uppsägning
Skrivet överallt
över mig
är kött
färgad osäkerhet.
Spegel,
Du hånar
perfektion
Med denna återhållsamma
reflektion
Och
resultatet är alltid detsamma
I din
ram: Jag förblir oförändrad.
Skrivet
mellan raderna

Förklädd
poetiskt
Oundvikliga
egenskaper
Flöde
oharmoniskt.
Spegel: I
följer vad jag ser
För jag är
du, rakt igenom och igenom
Men ibland
reflektion
önskar jag att
jag liknade dig.

Prolog

N ÄR HAN GJORDE UTFALL mot henne gick nyckeln hon höll i rakt in i hans ögonhåla. Han skrek och jämrade sig sedan när hans skrev träffade hennes knä. Hon grämde sig över det kväkande ljudet när hon drog ut nyckeln ur hans öga. Medan blodet rann nerför hans ansikte snyftade han och rullade runt och höll för sitt ljumskeområde. Hon stack nyckeln i sidan av hans hals och träffade en artär. Blodet sprutade som vatten från en brandmans slang.

Hon flyttade sig några steg från kroppen och doppade tårna i vattnet. Hon tittade tillbaka på honom då och då. Tills han slutade röra sig. Hon gick tillbaka och lyssnade för att se om han var död: det var han. Till slut... Hon rullade honom, som en säck potatis, djupare och djupare ner i vattnet. För varje knuff verkade liket lättare och lättare.

Arkimedes hade rätt.

När han var så långt ute som hon kunde simmade hon tillbaka till stranden och samlade ihop sina kläder och klädde om sig.

Hon lämnade hans saker där han hade tappat dem.

När den nya dagens sol färgade himlen eldröd återvände hon till vattnet.

Hon skannade strandlinjen och såg inga tecken på honom. Hon doppade nyckeln i vattnet för att skölja bort blodet och gick sedan hem. Efter en lång dusch sov hon som ett barn.

Kapitel 1

DET HÄR ÄR BERÄTTELSEN om en kvinna som var för snäll för sitt eget bästa - tills hon inte längre var det.

Ribby Balustrades dag började alltid på samma sätt, med att hennes mamma hotade att mata deras varghund Scamp med hennes frukost om hon inte skyndade sig.

Ribby, vars garderob var begränsad till hennes mammas avlagda kläder, drog den blommiga muumuu över huvudet, klev i sina Jesus-sandaler och borstade håret, vilket inte tog lång tid. Ändå hann hon sällan ner i tid.

Martha Balustrade var inte den typen av mamma som höll sig till ett specifikt schema. Frukost skulle förberedas. Vad och när bestämdes på dagen.

Vinnaren i detta oändliga köksdebacle var Scamp.

"Det är lugnt, jag är ändå inte hungrig", ljög Ribby när hon klappade hunden på pannan och lämnade huset.

Ribby funderade inte på dessa, hennes alldeles egna Groundhog Day-händelser. Istället skyndade hon sig genom parken till huvudgatan.

Busskuren stank av urin och kaffe. En dag som denna var hon glad att hon hade missat frukosten, för stanken fick henne att kväljas. Hon längtar efter att få börja arbeta på biblioteket.

När bussen kom visade hon upp sitt Presto-kort och gick sedan till sin vanliga plats längst bak. Hennes mage kurrade medan bussen rullade fram och stannade då och då för att ta in nya passagerare. När hon kom fram till centrala Toronto klev hon av bussen och skyndade sig in i hörnbutiken för att köpa en chokladkaka och sedan vidare till biblioteket.

Ribby var stolt över att aldrig vara sen. Man kunde helt enkelt inte vara sen om man arbetade på ett bibliotek. Om man var det skulle horder av otåliga låntagare trängas i entrén. Så var det också när hon kom in och såg den ovanligt långa kön med herr Filchard i spetsen.

"God morgon, herr Filchard. Hur kan jag hjälpa er?"

"God morgon, kära Ribby. Åh, vad skulle jag göra utan dig? Alla andra är alltid så upptagna, upptagna, upptagna - men du, du min kära, du tar dig alltid tid att hjälpa en gammal man."

"Jag gör bara mitt jobb", sa Ribby. "Nå, vad letar du efter idag?"

"Kan du vara snäll och komma närmare? Det är en ganska oförskämd bok: Kräftans vändkrets. Känner du till den?"

"Ja, herr Filchard. Det är en klassiker."

"Är den det? Jag har hört att den har det, men strunt samma; om det är en klassiker behöver jag väl inte viska längre?"

"Nej, det finns betydligt mer kontroversiella böcker", log hon och mindes hajpen kring femtio nyanser av nonsens.

"Problemet är, min kära, att jag inte har en aning om vem som skrev den. Du känner mig, jag är från medeltiden och kan inte använda de där förbannade datorerna." Han skrattade. "Kan du vara snäll och slå upp det åt mig?"

"Den är skriven av Henry Miller", sa hon när hon klickade sig in i databasen. "Ja, den finns på övervåningen i avdelningen för skönlitteratur."

"Jag tar en titt först. Henry Miller, säger du. Aldrig hört talas om honom!"

"Om jag ska vara ärlig var jag inte så imponerad när jag läste den. Kritikerna och recensenterna tyckte att den var lysande på sin tid. Det finns några oförskämda bitar."

"Tack, Ribby. Ha en trevlig dag."

"Det var så lite så", sa hon när han gick iväg.

Hon tog hand om de andra väntande kunderna på egen hand. När hon hade hjälpt den sista kunden städade hon disken.

Nu när allt var lugnt gjorde Ribby sig en kopp kaffe och återvände till sitt skrivbord. På vägen tillbaka stannade hon till en stund för att lyssna på ljudet av vatten. Bibliotekets arkitekt hade varit uppmuntrande genom att använda fontänen för att maskera de externa ljuden. Vissa städer stängde sina bibliotek, men Toronto var annorlunda. Byggnaden i sig var en överlevare. Inte ens plundringarna efter 1812 års krig hade brutit dess anda.

Hon tog en klunk kaffe och stod kvar en stund och tittade på trapporna. De såg häftiga ut, med människor som gick upp och ner, men hissen kom verkligen väl till pass när den behövdes.

I trapphuset ovanför såg hon hur herr Filchard var på väg ner. Han var nästan nere och hade ena handen på sin bok och den andra på sitt bibliotekskort. Hon stannade och väntade på honom. Han var lite andfådd.

"Jag ska definitivt ta hissen nästa gång", sa Mr Filchard.

De tog sig till helpdesken där Ribby stämplade sitt kort.

"Snuskiga gubbe!" Amanda, en medarbetare viskade när han lämnade byggnaden. "Han ger mig verkligen kalla kårar."

Ribby ignorerade hennes kommentarer. Hon plockade upp en armfull böcker, ställde dem på en vagn och knuffade in den i hissen och åkte upp till tredje våningen. Hon gick från hylla till hylla och arkiverade. När hon fyllde på en bok nära fönstret fick hon syn på en blixt från andra sidan gatan. En ung man i tjugoårsåldern, klädd från topp till tå i jeans, gick i hennes riktning. Solljuset glittrade på hans näsringar och kedjorna som fäste dem vid hans öron.

Ribby fortsatte att titta på honom medan han gick uppför trappan. Nyfiken skyndade hon sig ner till bottenvåningen.

Bara tanken på att servera honom fick hennes hjärta att rusa. Hon hade aldrig tidigare varit så nära en kille som hade så många hål i huvudet. Ribby var säker på att andra hade förklädda hål - känslomässiga sår dolda djupt inne. Som Vincent Van Gogh som använde sin smärta för att uttrycka känslor. Konceptet att använda sin kropp som konst både skrämde och fascinerade henne.

Hon gick tillbaka till skrivbordet och tittade på honom. Han stod i entrén som en liten vilsen pojke. Hur är hans röst, undrade hon?

Hon ställde sig bakom förvärvsavdelningen där hon städade. Han hade inte rört sig en tum. Hon hostade och ställde sig sedan under skylten Hjälp/Information. Deras blickar möttes.

"Kan jag hjälpa till?" Ribby frågade med blossande kinder och svettiga handflator.

"Uh, ja, jag hoppas det", sa han med hög röst.

"Var snäll och tala tystare", sa hon.

"Åh, okej. Förlåt. Jag letar efter en bok, men jag vet inte vad den heter."

"Vet du vem som har skrivit den?"

"Nej."

"Kan du berätta vad boken handlar om?"

"Japp, japp, det vet jag, det vet jag säkert. Den handlar om framtiden. När killen skrev den var det hans framtid. För oss är det vårt förflutna. Den har

Storebror i sig. Inte TV-programmet, utan en annan sorts Storebror." Han skrattade åt det smarta sättet han hade knutit ihop både det förflutna och nutiden. Ribby skrattade också.

"Åh, du menar 1984 av George Orwell?"

"Japp, det låter rätt. Orwell. Utmärkt. Är den inne?"

"Ett ögonblick, tack", sa Ribby medan hon skrev in den i datorn. Den var inne och Ribby gick iväg för att hitta den. Den unge mannen följde efter henne.

När hon hade boken i handen återvände de till receptionen. Ribby bekräftade att han hade den nödvändiga legitimationen och utfärdade ett lånekort.

När transaktionen var klar stoppade han in kortet i sin skruttiga plånbok. Han tackade Ribby och gick iväg mot utgången. Hans trasiga blåjeans hängde - precis som Ribbys sinnesstämning.

✳ ✳ ✳

NÄR SKIFTET ÄNTLIGEN VAR över rusade Ribby ut ur byggnaden. Varje måndag arbetade Ribby som volontär på barnsjukhuset. Hon dansade och sjöng. Hon gjorde allt hon kunde för att höja deras humör. Hon avgudade barnen, och de verkade känna likadant. Varje vecka valde hon ut ett barn som fick stå i centrum för uppmärksamheten. Idag var det Mikey Landers tur och hon fick inte bli sen.

I sin vänstra hand hade Ribby sin magiska väska. Barnen blev alltid glada när hon lät dem doppa handen i den. I väskan fanns bland annat: kostymer, musikinstrument, ansiktsmålning, ballonger, prydnadssaker och smink.

När hon äntligen kom fram till barnavdelningen hoppade hon in i Mikeys rum. Hans föräldrar satt på varsin sida av sängen och höll om sin sons händer i en hög av fingrar och handflator. De torkade bort tårar med sina fria händer. Mikey sov, så hon gick tyst därifrån.

Ribby försökte att inte tänka på den sorg som hängde i luften i Mikeys rum. Mikey och hans familj hade gått igenom så mycket.

Hon sköt bort det, in i bakhuvudet. Ribbys roll var att muntra upp barnen och deras familjer. De skulle vänta på henne. Hon satte på sig sitt gladaste ansikte.

Billy och Janie Freeman skrek till när de såg Ribby komma gående i korridoren. "Hon är här! Hon är här!" ropade de. En våg av glädje fyllde korridoren. Barn och deras familjer bildade en cirkel runt henne i det gemensamma rummet.

Ribby sjöng ett egenkomponerat nummer som hette Jump Like A Caribou och spelade kazoo vid lämpliga tillfällen:

JUMP JUMP JUMP

SOM EN KARIBU!

Ribby startade ett tåg och de barn som kunde gå föll in bakom henne.

JUMP JUMP JUMP JUMP

SOM EN CARIBOU

Det gamla tåget stannade och Ribby bildade en rad av de barn som satt i rullstol eller gick på kryckor. Barnen sjöng, vinkade eller stampade med fötterna. Allt för att hjälpa dem att komma in i sången och föra lite oväsen.

JUMP JUMP JUMP JUMP

SOM EN KARIBU!

När sången var slut ropade de: "Igen! Igen!"

Sången var bekant för barnen eftersom Ribby ofta sjöng den med olika djur som känguru, kakadua, kakapua och hon hade till och med en version som innehöll ett besök på zoo.

Ribby bugade och gick direkt över till en annan melodi. Hon gillade att blanda upp saker. Att få dem att gissa. När energin i rummet avtog bytte hon spår och bad om önskemål på ballongformer. Hon sjöng medan hon drog och vred ballongerna till djurformer. Det populäraste önskemålet var en caribou-mamma och hennes kalv, vilket höll henne sysselsatt eftersom det var en svår uppgift.

De barn som ville ha ballonger fick det och det var dags för Ribby att gå. Hon började packa sin väska, precis när Mikey Landers kom in och strumplade på hjulen på sin stol. Hans mamma släpade efter honom och hade svårt att hinna ikapp. Mikey var arg, det kunde hon se direkt. Hon gick fram till honom och erbjöd en djurballong med utsträckt hand.

"Jag, jag missade dig nästan, Ribby! Du borde ha väckt mig. Du lovade att göra ditt nummer från mitt rum den här veckan! Det var min tur!" Tårarna rann nerför hans kinder medan han korsade armarna och vägrade ta emot hennes fredsgåva.

Hon sänkte sin hand, gick ner på knä för att vara på hans nivå och sa: "Förlåt, grabben. Jag är så glad att se dig på benen nu," — hon tittade på hans föräldrar— "men du var snoozin' när jag gick förbi kiddo. Jag vet hur mycket du behöver din skönhetssömn! Du står överst på listan för nästa vecka, okej?"

"Lovar du?" Han korsade armarna.

"Korsa mitt hjärta och hoppas på att dö." Ribby önskade att hon kunde ta tillbaka de orden och svälja dem. Om det var möjligt att byta sitt liv mot hans, skulle hon ha gjort det där och då utan att tveka.

Mikey hade inte lagt märke till hennes faux-pas, och han sträckte till slut ut handen och tog emot hennes gåva.

Efter att hon överlämnat den till honom tog Ribby farväl. På väg ut ur rummet sa hon: "Vi ses nästa vecka, Rugrats!"

Ribby höll tillbaka tårarna tills hon var ute ur byggnaden. Eftersom hon inte hade några näsdukar använde hon sin ärm. När hon kom fram till busshållplatsen hade hon lyckats lugna ner sig.

Varje vecka lovade hon sig själv att inte gråta. Barn ska vara ute och leka och ha roligt. De ska inte behöva oroa sig för att bli sjuka eller dö. Om hon kunde ta bort den smärtan ... om så bara för en kort stund, då var det värt att ta en tur på den känslomässiga berg- och dalbanan.

$$\text{✳✳✳}$$

B USSEN SKULLE INTE KOMMA förrän om femton minuter. Hon rusar till närbutiken för att svara på sin knorrande mage. Salt eller sött? tänkte hon. Bakom disken fick hon syn på en mängd cigaretter. Nyfiken frågar hon efter ett paket.

"Vilken sort, damen?"

Hon kastade en blick på namnen. "Cools", sa hon.

"Har du redan en tändare?" frågade försäljaren. Utan att vänta på svar placerade han ett paket tändstickor ovanpå Cools. "Tändstickorna bjuder vi på", sa han när Ribby lämnade över pengarna. Han lämnade tillbaka växelpengarna.

Expeditens plötsliga flin, som liknade en grimas, störde henne. Hon skyndade sig därifrån. Tillbaka vid busshållplatsen slet hon upp cigarettpaketet och tände en cigarett. Hon andades in djupt, som en skådespelerska som spelar en roll. Det såg så lätt ut på film. I verkligheten var det svårt att inte kräkas. Efter det första draget blåser hon ut röken och avslappningen sveper över henne.

När bussen kom stoppade hon paketet i handväskan och satte sig på sin vanliga plats längst bak. Hon tänkte på hur fräckt det skulle vara att röka en cigarett på Stan the Mans buss.

Stan the Man var lite av en nazist och en känd mobbare. Hon hade sett det själv. Han skrek åt barn som satte fötterna på sätena. Kastade av dem från bussen i den isande kylan, som om de hade begått mord eller något.

En gång hade en liten gammal dam sina väskor på sätet bredvid sig. Han krävde att hon skulle ta bort dem, trots att ingen behövde platsen. När hon inte lydde kastade han av henne från bussen.

Ribby minns fortfarande hur hon tittade upp på sitt plommonliknande ansikte när bussen började rulla iväg. Kvinnan hade höjt långfingret så högt som hennes lilla kropp klarade av och skrikit: "Fuck you!"

Ribby hade blivit så chockad av händelsen att hon från och med den dagen alltid satt längst bak i bussen. Där kunde hon vara osynlig. Hon kunde titta på som en fluga på väggen utan att dra uppmärksamhet till sig själv. Hon ville inte göra något som gjorde Stan the Man förbannad.

Men Stan kunde ju inte se allt. Som mannen som petade sig i näsan och torkade den på sätet. Hon såg det, men inte Stan. Ribby skrattade. Stan the Man tittade tillbaka på henne i backspegeln. Hon slutade skratta. Hur säker var Stans körförmåga? Han var besatt av sina passagerare, det är ett under att han inte krockade.

Ribby sträckte sig ner i sin handväska. Övervägde att dra ut en cigarett. Skulle Stan märka det? Skulle han kasta av henne från bussen? Det var mörkt och det var för långt hem för att gå. Hon stängde handväskan. Hon fokuserade på stjärnorna utanför fönstret.

Hemma öppnade hon dörren och genast hördes skratt från köket. Hennes mamma hade ofta herrbesök. Den här kvällen var inte annorlunda.

Tom Mitchell satt mitt emot hennes mamma. Ribby nickade i Toms riktning. Hon kände hur Toms ögon klädde av henne. Han tittade alltid på henne på det sättet. Hennes mamma verkade inte bry sig.

"Hej, Ribby", sa Tom. "Kul att se dig igen."

Ribby stängde av kranen, tog ett djupt andetag och vände sig mot bordet.

Hennes mamma väntade på ett svar.

Det gjorde även Tom.

"Då så", sa Tom när han reste sig upp. "Det är bäst att jag går, Martha. Det var väldigt trevligt att träffa dig som vanligt." Han sköt tillbaka sin stol och vippade sin basebollkeps i hennes riktning.

Tom tog ett steg mot Ribby. "Och du också Ribby - även om du tror att du är för hög och mäktig för att säga hej till din mammas beundrare, så gillar jag dig fortfarande."

Ribbys mamma skrattade, ett högt och lågt magskratt. "Åh Tom, vår Ribby är rädd för sin egen skugga. Men det gör inget. Jag är säker på att hon gillar dig också." Hon vände sig till sin dotter. "Är det inte så, Ribby? Du gillar alltid mina beaus."

Ribby svalde glaset med vatten. Hon stack ner handen i handväskan och rörde vid cigarettpaketet. Att känna till en hemlighet gav henne en känsla av makt. Hon gick in i vardagsrummet.

Tom och Martha viskade i entrén medan hon bläddrade i en tidning. Hon tröttnade snart på skandalrubrikerna och tog upp TV:ns fjärrkontroll och klickade sig igenom kanalerna. Ytterdörren smällde igen.

"Jag önskar att du kunde vara lite snällare mot mina vänner", sa Martha när hon slog sig ner i soffan. "Vi behöver trots allt vänner här i livet, och Tom har alltid varit snäll mot oss."

"Vad blir det till middag, mamma?"

"Jag har haft sällskap hela eftermiddagen. Ingen tid att laga middag, dotter, och jag är utsvulten", Martha slickade sig om läpparna. "Absolut, totalt och fullständigt jävla utsvulten."

"Då beställer vi," sa Ribby. "Vi kan ta lite specialstekt ris, några äggrullar och citronkyckling att dela på."

"Japp, det skulle vara okej för mig", sa Martha och ryckte TV-flimmern ur Ribbys hand. Hon pekade och klickade, snabbt och ursinnigt.

"Jag går till mrs Engle och ringer."

"Gör det, dotter, gör det", sa Martha och hällde upp ett glas whisky åt sig själv. Hon sköt i lite läsk i det. Hon sträckte sig in i minikylskåpet och tog ut isbitsbrickan. Hon lade i två kuber, tog en klunk och suckade.

När Ribby kom tillbaka sa Martha. "Du är en bra dotter, för det mesta." Martha tog en längre klunk till. "Vi skulle vara hemlösa utan din lön för att betala huslånet och sätta mat på bordet." Martha rörde om i sin drink med fingret. Isbitarna klirrade mot glaset.

Ribby ryckte till lite. Det här samtalet fick henne alltid att känna sig obekväm.

När reklamfilmerna började frågade Martha: "Har maten kommit än? Whiskyn gnager på min mage."

"Han sa trettio minuter, mamma."

"Trettio minuter, ja, vid Gud, trettio minuter är för lång tid att vänta på lite ris!" Martha slog ner sin vänstra knytnäve på stolsarmen. Hennes högra arm förblev uppe för att bevara heligheten i hennes whiskyglas.

"Jag kan inte avbryta nu. Sitt kvar och titta på ditt program, så är det här innan du vet ordet av."

Martha stod i baren och fyllde på med mer whiskey och is. Tillbaka på soffan hade hon funnit sig i att vänta på sin kvällsmat.

Hon behövde i alla fall inte sjunga för den, tänkte Ribby med ett snett leende.

MARTHA BLÄDDRADE IGENOM KANALERNA. Ribby väntade på budet i entrén.

Hon sträckte sig ner i handväskan och tog fram en cigarett. Hon placerade den otänd mellan läpparna och tittade på sig själv i spegeln. Om hennes hår inte var så neutralt och hennes hy så urtvättad, hade hon potential att se sofistikerad ut. Kanske det.

När dörrklockan ringde blev hon förskräckt och tappade nästan cigaretten.

Martha ropade: "Ta den, Ribby!"

Hon stoppade cigaretten i handväskan.

Bing-bong igen.

"Dotter? Dotter! Är du där?"

"Ja, mamma, jag hämtar pengarna." Hon öppnade dörren.

"God kväll", sa budkillen.

Han kände inte igen henne, men hon kände igen honom. Killen från biblioteket med piercingar och tatueringar.

"Det blir 32,50 dollar", sa han.

Ribby lämnade över 35,00 dollar. Han såg annorlunda ut när han stod på hennes veranda. "Behåll växeln", sa hon när hon stängde dörren och fortfarande tänkte på honom.

"Det måste börja bli kallt, Rib!" sa Martha, ryckte väskan ur handen på henne och gick in i köket.

Ribby lade tillbaka handväskan på kroken och kom ihåg att ta med den upp på övervåningen när hon gick till sängs. Det skulle inte gå om Martha hittade cigaretterna.

Tillbaka i vardagsrummet åt de middag på TV-brickor. Favoritprogrammet Jeopardy! började.

Ribby och Martha hade en rivalitet på gång när de tittade. Den som kunde svaret först skrek ut det.

"Vad är New York", ropade Ribby.

"Vad är L.A.!" skrek Martha. Hon hade fel.

"Jag sa ju det", sa Ribby. "Alla vet det mamma."

Martha sträckte sig över bordet och slog sin dotter i ansiktet. Slaget var så hårt att TV-brickan och dess innehåll flög i luften. Ribbys stol tippade bakåt och hennes huvud slog i soffbordet med en duns. Sedan slog det i golvet med en duns.

"Det ska lära dig", sa Martha, "att visa brist på respekt. Det här är mitt hus. Vem är du att tala om för mig om jag har fel eller rätt!"

"Men mamma," viskade Ribby. "Han sa..."

"Jag bryr mig inte ett skit om vad han sa. Nu går jag och lägger mig. Gör en kopp te till mig - min vanliga - och ta upp den."

"Okej, mamma", sa Ribby.

Ribby gick till barområdet. Hon plockade upp flaskan, gick in i köket och satte på vattenkokaren. Hon stoppade en tepåse i en kopp och hällde i det heta vattnet en fjärdedel av vägen. Efter att teet dragit tillsatte hon en halv kopp Bourbon, följt av två teskedar socker.

På väg upp för trappan bestämde hon sig för att göra något som inte alls liknade Ribby.

Hon rörde tungan i munnen, samlade saliv och lät det skvätta i kinderna. När hon hade fått nog spottade hon i sin mammas kopp.

Hon tittade på den på ytan och rörde sedan om i den innan hon ställde ner den på nattduksbordet. Hon log när hon drog ner det översta lakanet och sedan filtarna som hon gjorde varje kväll.

Martha kom ut från badrummet. "Du är en bra dotter ibland."

Ribby sa ingenting. Hon hjälpte sin mamma ur kläderna och in i nattlinnet. Hennes mors fötter var kalla. Ribby masserade dem med lite olja innan hon drog på sig tofflorna över den åldrade kroppen.

På väg ut kastade Ribby en blick tillbaka över axeln. Martha tog en klunk av det förfalskade teet och suckade sedan.

Ribby höll tillbaka skrattet tills hon var i sitt rum.

Då skrattade hon så mycket att hon var tvungen att dämpa ljudet med sin kudde.

Kapitel 2

N är RIBBY VAKNADE SATTE hon sig upp och tänkte på kvällen innan. Hon skrattade och lyssnade på sin mamma som stampade omkring som vanligt.

"Frukosten är klar om tio minuter", ropade Martha.

Ribby lyckades förtränga det mesta. Samma gamla. Det gamla vanliga.

"Jag är inte hungrig, mamma", ropade Ribby och borstade sitt hår. "Dessutom måste jag gå till jobbet tidigt idag."

Ribby lyssnade när hennes mamma förbannade henne. Hon drog en borste genom håret och stannade plötsligt när ett skratt hördes på nedervåningen. Detta skratt var störande. Martha skrattade sällan på morgonen om inte en av hennes beaus var över.

"Vi ses, mamma!" sa Ribby när hon rundade köket och gick rakt mot dörren. Väl utanför såg hon en skåpbil med en man i som satt och väntade. På sidan av lastbilen stod företagsnamnet: Vinds-R-Us.

Ordet vind utlöste ett minne av den senaste gången hon hade gått upp dit. Bara tanken på det fick henne att rysa och skaka. Hon neutraliserade minnet och låste in det med en nyckel i biblioteket i sin fantasi.

Hon pekade sig själv i riktning mot busshållplatsen. Hon kom precis i tid. Hon klättrade ombord och stirrade ut genom fönstret medan världen passerade förbi henne i ett töcken. Hennes mage kurrade. Hon blev mer och mer hungrig. Hon ignorerade smärtan och ville spara vartenda öre till resan till köpcentret. Idag var dagen då hon skulle unna sig något.

Hon öppnade sin handväska. Bara doften av tobak dämpade hennes magknip.

På jobbet hängde hon av sig rocken och stängde in handväskan.

Trots att hennes kollegor var på sina stationer var det ingen som hjälpte kön av väntande låntagare.

Ribby var den äldsta bibliotekarieassistenten och ändå hade hon ingen auktoritet.

Återigen tog Ribby hand om de väntande låntagarna på egen hand. Huvudbibliotekarien Mrs P. Wilkinson verkade inte märka något.

Under lunchrasten frågade Ribby sina kollegor var de köpte sina kläder. De flesta rekommenderade gallerians varuhus för kvalitetsmärken till överkomliga priser.

Ribby blev mer och mer exalterad nu när hon visste var hon skulle handla. Hon kunde inte vänta med att göra något som hon aldrig hade gjort förut.

Ribby Balustrade skulle köpa sig en ny klänning.

VID VARUHUSET STOD RIBBY *en stund utanför och tittade in genom fönstren. Ljudet av bilar, bussar och spårvagnar ekar runt byggnaderna. En gatumusikant nära entrén började spela och sjunga. En folkmassa började samlas, de knuffades och knuffades, några bar på varma drycker och rökte cigaretter. Det var så bullrigt och så mycket folk att allt hon ville göra var att gå in. In till tystnaden.*

Hon gick in genom svängdörrarna och för en sekund var det tyst. Sedan sögs hennes fack upp och hon klev ut i en annan typ av kaos. Kunder med väskor, som kom och gick. Och det var stort, många våningar. Flera människor fyllde rulltrapporna som gick upp och ner. Lukten av friterad mat, popcorn och munkar sötade luften och orsakade en sensorisk överbelastning.

"Kan jag hjälpa er?" frågade en dam vid informationsdisken.

"Ja, damkläder, tack."

"Tredje våningen", sa hon.

Det var tyst i rulltrappan. Resenärerna tittade på sina telefoner. Hon höll sig fast i räcket.

När hon kom upp på tredje våningen fick hon syn på sin drömklänning. Ett litet svart nummer, som tidningarna på biblioteket skulle kalla det, perfekt för kvällens cocktailpartyn och speciella evenemang. Hon tittade på den och tänkte på orden från en basebollrelaterad film. Hon log och ändrade orden till: "Om du köper den, kommer tillfällen att bära den."

"Kan jag hjälpa dig?" frågade en kvinna i en elegant kostym.

"Ja, det kan du. Jag vill unna mig något. Jag tänkte att en svart klänning, något som är lätt att bära och ta hand om, skulle passa bra. Jag älskar den på skyltdockan där uppe. Om du har den i min storlek skulle jag vilja prova den."

"Utmärkt val", sa kvinnan. "Låt mig nu se, vilken storlek har du? Tolv? Fjorton?"

"Jag, jag vet inte."

"Du är en tolva. Jag brukar vara ganska bra på att gissa, men för säkerhets skull kan du ta tio, tolv och fjorton", föreslog expediten. "Åh, och du behöver ett par svarta skor för att fullända looken. Är du en storlek sju?"

Ribby blev förvånad och sa: "De här skorna är storlek sju."

"Perfekt då. Var inte rädd för att komma ut när du är redo. Jag vet hur svårt det kan vara att shoppa på egen hand."

"Jag, jag ska, tack," sa Ribby när hon stängde dörren till omklädningsrummet.

Omgiven av speglar kunde Ribby för första gången se sig själv från alla vinklar när den tråkiga Martha-trasan föll till golvet.

Ribby provade klänningen i storlek tolv. Med sin halsringning och veck vid höfterna och midjan framhävde den verkligen hennes figur. Hon visste redan att hon ville köpa den, men hon ville ändå få en andra åsikt. Hon klev ut ur omklädningsrummet.

"Wow!" utbrast expediten. "Du ser fantastisk ut! Men här, låt mig göra en sak."

Expediten försvann runt hörnet men kom tillbaka på några sekunder. "Låt mig sätta den här i ditt hår och de här pärlorna runt din hals. Jag lovar, du kommer att se ut som en miljon dollar!"

"Jag ser så glam ut!" Ribby kände knappt igen sig själv.

"Du ser verkligen sensationell ut!"

"Jag skulle vilja prova ett par kläder till." Hon gick fram till en hylla och plockade ut en röd tvådelad kostym, en blus och ett par byxor. Hon gick tillbaka till omklädningsrummet. Kostymen såg underbar ut, med sin stilrena jacka och matchande kjol, och skorna hon provade till klänningen passade perfekt. Blusen såg bättre ut utan än på och byxorna drog för mycket uppmärksamhet till hennes rumpa.

"Jag tar kostymen, klänningen, skorna och pärlorna", sa Ribby. "Hur mycket kostar det? Jag glömde titta."

Expediten räknade ihop allt. "Total kostnad före skatt är 760,00 dollar. Vill du betala kontant eller på kredit?"

"Åh, det var mer än jag förväntade mig", erkände Ribby.

"Oroa dig inte, du kan ta klänningen idag och sedan komma tillbaka senare för skor och accessoarer. Eller så kan du ansöka om kredit i butiken. Jag kontrollerar att du kvalificerar dig och sedan kan du få omedelbar kredit."

"Kan jag det?" frågade Ribby. "Det skulle vara till stor hjälp!"

Expediten ställde några frågor till Ribby och hon kvalificerade sig för ett kreditkort. Hon köpte hela paketet. Expediten packade ner allt i påsar.

"Tack så mycket. Du har varit underbar!"

"Det var så lite så."

Ribby firade med en kopp kaffe och eftersom det började bli mörkt gick hon till busshållplatsen. På vägen rökte hon en cigarett.

Attics-R-Us skåpbil stod fortfarande parkerad utanför hennes hus när hon rundade hörnet.

Väl inne gick Ribby in i köket. Bakom den stängda dörren hörde hon välbekanta ljud av älskog. Det var inte första gången hon hade kommit hem och hittat sin mamma med en av sina män. Är Attics-R-Us-killen här hela dagen? Usch. Ribby drog sig tillbaka till övervåningen.

I sitt rum delade Ribby upp incidenten på nedervåningen. Hon skulle inte låta den förstöra hennes dag.

Hon tog på sig sin nya klänning, skor och pärlhalsband. Hon stoppar handen i handväskan och tar fram en cigarett. Med den i handen såg hon ännu mer sofistikerad ut. Hon lekte med sitt hår. Testar hur det ser ut upp och sedan ner.

Utanför öppnas och stängs en bildörr. Ribby kikade ut genom fönstret och såg hur Attics-R-Us skåpbil körde iväg.

En stund senare hördes hennes mammas fotsteg och i det andra rummet startade duschen.

Ribby bytte tillbaka till sina gamla kläder. Medan hon klädde av sig förträngde hon tankarna på sin mamma och hennes beaus. När hon var klar gick hon tyst på tå nerför trappan, ut genom dörren och kom tillbaka in igen. Denna åtgärd stärkte hennes förmåga att dela upp händelsen i olika avdelningar, och det skulle hjälpa henne i framtiden när en liknande händelse inträffade. Med Marthas utbud av herrbesökare var denna åtgärd en självbevarande taktik.

Hon hällde upp en kopp varmt te och rörde om i grytan innan hon gick in i vardagsrummet för att titta lite på TV.

Martha kom ner strax därefter och de åt middag. När hennes mamma somnat på soffan gick Ribby upp på övervåningen till sitt rum.

Efter att ha läst en stund slöt Ribby ögonen och lät fantasin flöda. Hon föreställde sig ett eget hem vid vattnet. Hon föreställde sig vardagsrummet med en bekväm älsklingssoffa och matchande krunchy-stolar. På väggen bakom dem Van Gogh- och Monet-tavlor. Blommor i vaser. Hon föreställde sig att komma hem från jobbet, lägga upp fötterna. Att ha kontroll över TV:n.

Bubblan sprack och verkligheten sipprade in.

Martha skulle aldrig tillåta det.

Men det hon inte visste kunde inte skada henne.

Förutom det nyinköpta kreditkortet deltog Ribby i Provincial Library Staff Savings Program, så hon hade några hemliga besparingar men hade inte rört dem förrän idag.

Ribby tänkte på en artikel som hon hade läst i tidningen. Det var den sanna historien om en man som hade två olika liv med två olika fruar. Hon undrade om hon kunde ta idén och göra den till sin egen. Kunde hon skapa ett nytt liv för sig själv?

Sömnen kom, men Ribby drömde inte. Istället bestämde hon sig.

I morgon skulle hon föda en ny version av sig själv. En låtsasvän. Ett alter ego.

En del av sig själv, som skulle göra saker som hon var för rädd för att göra.

En vän med ett vackert namn: Angela.

Kapitel 3

L ÖRDAG MORGON. RIBBY HOPPADE upp ur sängen och såg fram emot den kommande dagen. Hon vek ihop sin svarta klänning, några strumpbyxor och lade dem i handväskan. Hennes klackskor skulle inte passa. Ett par sandaler fick duga.

Martha satt vid köksbordet med huvudet i händerna. Baksmälla. Kaffebryggaren snusade och väste bakom henne. När hon såg Ribby stönade hon. Ribby hade sett tecknen på för mycket whiskey hos sin mamma många gånger tidigare. Hon hällde upp en kopp kaffe åt sig själv och fyllde på sin mors kopp. Marthas händer skakade när hon tog en klunk.

Ribby fortsatte genom hallen och ut på verandan där hon hämtade tidningen. Hon återvände till köket och smuttade på sitt nu svala kaffe medan hon läste. Tidningen visade sig inte vara något hinder för Marthas slurpningar varvade med stön.

Ribby bläddrade fram till kolumnen Lägenheter att hyra. Hon drog fingret över listan och det fanns gott om lägenheter att välja mellan i det område vid vattnet där hon hoppades kunna bo. Hon stängde tidningen och sköljde ur sin kopp.

"Jag måste sticka, mamma. Vi ses senare."

Martha slog nävarna i bordet. "Kom inte tillbaka då, om du inte ens kan uppbåda ett uns av sympati för din stackars gamla mamma."

"Ta ett par Tylenol så blir det bra", sa Ribby när hon öppnade ytterdörren och slog igen den bakom sig. När hon gick märkte hon att hennes mamma hade stängt persiennerna. Inga herrbesökare idag.

Ribby tog bussen och när hon kom fram till det bästa hyresområdet köpte hon ytterligare en tidning. Hon ringade in ett par möjliga objekt och bestämde sig för att gå på några visningar. Ett av objekten låg i ett fantastiskt område inte långt från stranden och var nummer ett på hennes prioriteringslista.

Innan hon kunde gå på visningen behövde hon byta om till en lämplig klädsel. En offentlig toalett skulle duga. Klädd i sina nya kläder utforskade hon området och tog sig tid att titta på Lake Ontario. Hon lyssnade på de mjuka vågorna som skvalpade mot stränderna. Ovanför henne skrek fiskmåsarna efter uppmärksamhet. Bakom henne tutade bilarna när passagerarna väntade på att ljuset skulle slå om. Ljudet av AC-DC med stark bas hördes och hon vände sig om för att se att en svart bil med taket nere var den skyldige. Hon fortsatte längs strandpromenaden. Det vattnades i munnen när hon såg en korvkiosk med friterad lök på sidan. Hon tittade på tiden i ett skyltfönster och insåg att hon måste skynda sig för att hinna se det första huset.

Från utsidan såg byggnaden inbjudande ut. Det var inte en skyskrapa som några av de andra. Det var ett medelstort hus med privata balkonger. Balkonger som pryddes med personliga ägodelar som cyklar och växter. Balkonger där hyresgästerna skapade sin egen lilla bit av himlen. Där de var stolta över sina fastigheter.

Hon fick syn på en Skylt för uthyrning ovanför henne. Som utlovats i annonsen hade den utsikt över vattnet. Hon kunde inte vänta med att komma upp dit och ta en närmare titt.

Väl inne gick hon runt i lobbyn för att få en känsla för stället. I postavdelningen läste hon namnen på lådorna, nästan som om hon hoppades att känna igen någon. Det gjorde hon inte. Hon tryckte på knappen för hissen och tog sig upp.

Det var lätt att hitta lägenheten med skyltar som visade vägen. Dörren var öppen. Hon knackade ändå och gick sedan in. Andra stod och minglade runt. Vid första intrycket visste hon att hon måste få lägenheten. Den var avsedd för henne.

Agenten i köket pratade med ett ungt par. Till henne sa han: "Jag kommer strax. Känn er fria att se er omkring."

Interiören var en intetsägande nyans av magnolia. Köket var välutrustat med rostfria vitvaror inklusive diskmaskin. Vardagsrummet hade öppen planlösning. Perfekt. Hon föreställde sig att sitta där och titta ut över den fantastiska utsikten över vågorna. Lyssna på vågorna. Hon öppnade balkongdörrarna och klev ut. Barnen lekte inte långt därifrån. Hon gick in igen och tittade på sovrummet. Det var större än hennes rum hemma, hade ett eget badrum och en mer än väl tilltagen klädkammare. Hon skulle behöva köpa en massa nya skor och kläder för att fylla det utrymmet. Det var underbart. Allt var underbart. Hon ville ha det så mycket att hon kunde smaka det.

"Utsikten är fantastisk", sa Ribby när mäklaren var ledig. "Det här är precis vad jag letar efter."

"Den är efterfrågad. Om du vill ha den", sa mäklaren. "Du måste fylla i en ansökan idag. Har du någonsin hyrt förut?"

"Nej, jag har bott hemma."

Han fumlade med några papper. "Kommer du att bo ensam? Arbetar du heltid?"

"Ja, och ja. Jag arbetar på biblioteket. Jag är biträdande bibliotekarie och har jobbat där i sju år."

"Ägaren föredrar att hyra ut till en ensamstående person eller ett ungt par ... om allt stämmer med pappersarbetet."

Ribbys ögon lyste upp när hon accepterade ansökan. Mäklaren erbjöd henne en penna. Medan hon fyllde i ansökan småpratade han.

"När din ansökan har accepterats behöver vi en check för att täcka första och sista månadens hyra."

"Inga problem." Hon avslutade formuläret med en underskrift. "När får jag veta om min ansökan har godkänts?"

"Jag ringer upp dig. Vi borde veta på tisdag."

"Jag, vi har ingen telefon. Om du ger mig ditt visitkort så ringer jag dig. Är tisdag morgon okej?"

"Perfekt", han kastade en blick på ansökan. "Uh, Ms Balustrade, vi hörs då, och lycka till", sa mäklaren och tog bort skylten med öppet hus. Han följde henne till hissen och ut ur byggnaden. När de kom ut på gatan frågade han: "Kan jag skjutsa dig någonstans?"

"Nej, tack, jag ska ta en promenad längs vattnet och sedan ta bussen hem."

Ribby sprang till stranden. Hon tog av sig sandalerna och lät sanden rinna ut mellan tårna. Sedan doppade hon dem i vattnet. Hon samlade några snäckor, satte sig ner och lyssnade på stadens och Ontariosjöns ljud.

En fiskmås landade i närheten. Sedan en till.

"Vad tycker ni?" frågade hon fåglarna. "Är det här rätt plats för Angela och mig?"

Måsarna tittade på henne, men deras enda svar var ett skrik.

D ET VAR FORTFARANDE TIDIGT - för tidigt att gå hem. Ribby bestämde sig för att kolla in några möbler. I utställningslokalen hade det funnits ett bra urval av föremål. Men allt var så dyrt eftersom hon behövde allt.

En röst i hennes huvud sa: "Second hand. Elegans. Sofistikering. Shabby chic.

Ribby såg sig omkring. Hade någon talat till henne? Hon var ensam. Hon drog fingrarna längs soffans rygg och tänkte, Shabby chic va? Perfekt.

Rösten sa, Glöm inte - en ny lägenhet kräver en ny garderob.

Ribby tog en paus. Håller hon på att bli galen? Hon hade en konversation med sig själv, men rösten var annorlunda. Rösten var Angela. Angela hade fötts.

Du kan inte förvänta dig att jag ska födas in i det här livet i Marthas gamla trasor.

Ribby log. Jag håller med. Men en sak i taget. Lägenheten. Möbler. Du behöver vackra saker. Vi behöver vackra saker. Vi måste se till att mamma aldrig får reda på det. Hon skulle få en ko.

Hon är en ko.

Ribby skrattade tills hon nästan kissade på sig.

Hur klarade jag mig utan dig?

Det får vi aldrig veta. Ska du nånsin tända en cigg? Mina lungor skriker efter en!

Ribby stoppade handen i handväskan och tog fram en cigarett. Hon förde den mellan läpparna, tände änden och drog ett bloss.

Ahhhhh, suckade Angela, det behövde jag. Ribby, nu behöver vi en plan.

Jag vet, jag vet. Om vi får den här lägenheten, hur ska vi då kunna hålla den från mamma? Hur ska jag fortsätta betala henne och betala för den nya platsen, plus få allt annat? Jag vet, jag ber om löneförhöjning.

Be inte om en löneförhöjning, kräv en. Och se till att den gamla killen sänker din hyra!

Jag är försenad med en löneförhöjning. Det har du rätt i. Men mamma kommer aldrig att gå med på det, även om hon skulle förlora huset utan mig.

Det är hennes problem, inte ditt Rib. Hon är en vuxen kvinna och om du inte är hemma kan hon väl hyra ut ditt rum, eller hur?

Det kändes konstigt för Ribby, att ha någon på sin sida för en gångs skull.

Jag tänker inte bo i lägenheten på heltid. Det skulle aldrig gå. Hon skulle hitta ett sätt att förstöra allt. Nej, jag bor hemma i veckorna och i lägenheten på helgerna.

Hon kommer att gå igenom din bankbok igen, Rib och hon kommer att se saldot gå ner, ner och hon kommer att slå i taket. Du vet hur hon är.

Ribby gjorde en dubbel take. Hur visste Angela om det?

Du har rätt, jag måste vara försiktig med var jag lämnar min handväska. Med ciggarna i den, har jag tagit den raka vägen upp till mitt rum. Jag kommer att fortsätta med det, och hon kommer inte att bli klokare.

Och om hon ber dig om pengar, vad ska du göra då?

Jag ska säga nej till henne.

Minns du när du erbjöd dig att lämna över varenda cent du tjänade? Allt hon behövde göra var att sluta ta emot gentlemen callers?

Och hur vet hon om det? Det är som om hon har varit med mig hela tiden.

Ja, hur skulle jag kunna glömma det? Mamma skrattade så mycket att jag trodde hon skulle kvävas. Jag försökte hjälpa henne att få luft genom att slå henne på ryggen, och i gengäld slog hon mig så hårt att min tand föll ut.

Den gamla kon kommer att sakna dig, Ribby, men du förtjänar ett liv, och jag är här för att hjälpa dig. Att se till att du får ett. Nu är det bäst att vi går tillbaka innan den gamla märren skickar ut kavalleriet!

Lyckan fanns inom synhåll, men ibland var man tvungen att sträcka ut handen och ta den.

Kapitel 4

M ÅNDAG MORGON VAR RIBBY uppe och ute mycket tidigt. Hon ville inte träffa Martha. På jobbet bar hon en Martha-muumuu-specialitet där hennes bröst kämpade mot frontala krusiduller. Denna klädsel låg inom bibliotekets garderobspolicy. Hon skyndade sig att hinna med bussen och kom fram tidigare än vanligt.

"God morgon, Ribby", sa fru Pigeon, en regelbunden biblioteksbesökare. "Om du letar efter något bra att läsa rekommenderar jag den här." Hon höll fram boken och Ribby tog den.

"Mitt liv på en tallrik", läste Ribby. "Handlar den om mat?"

"Nej, inte på något sätt!" sa fru Duva och skrattade. "Den handlar om livet, skratt och tårar." Hon gjorde en paus. "Sluta med det där, Billy! Jason, kom tillbaka hit." Barnen återvände till disken. "Jag är ledsen att boken är en sen retur."

"Du har sålt den till mig. Tack, fru Pigeon." Hon log när hon stämplade boken som återlämnad.

"Det var så lite, kära du. Nästa gång jag kommer kan du berätta för mig vad du tyckte om Clare Hutt. Säg hej då till Ribby nu, pojkar. Jason, sluta spotta på din bror. Du kommer att få så mycket problem när du kommer hem!" Mrs Pigeon log medan hon tog Jason i örat och Billy i handen. Trion gick ut genom svängdörrarna.

Ribby var för upphetsad för att läsa. Dessutom var det måndag igen och hon var tvungen att ta sig till sjukhuset.

Klockan 17.00 tog Ribby sina saker från skåpet och satte sig på bussen. Under resan kände hon sig frestad att röka, men hon ville inte att barnen skulle känna lukten av cigaretter från henne.

Hon gick till presentbutiken där hon hade beställt heliumfyllda ballonger till alla barn på avdelningen. Tanken var underbar, att bära dem var en annan sak.

Som utlovat började Ribby på Mikey Landers rum. Han var inte där. Hon fortsatte längs korridoren och tittade in i rummen längs vägen. Bakom henne följde andra som bildade en sjungande parad. Rullstolar, kryckor, alla var välkomna. Till och med chefssjuksköterskan Alice deltog.

Ribby sneglade åt hennes håll och deras blickar möttes. Något var fel, men det kunde vänta. Hon fortsatte med föreställningen.

Ribby klev in i centrum. Hon fick ögonkontakt med barnen. Lucy May Monroe behövde ett band till sitt hår, som Ribby drog upp ur sin magiska väska. Det var ett lila band, Lucy Mays favoritfärg. Barnet skrek av förtjusning. Lucys mamma lindade det runt hennes knubbiga lilla hästsvans.

Vid förra besöket hade Benjamin Fish önskat sig en drak, som Ribby nu hade gömt i sin magiska väska. Hon lät Benjamin sträcka in handen och han drog ut den. Han lade den i sitt knä—tittade efter sina föräldrar men de var inte där. Han ville inte öppna den utan dem utan höll gåvan i sitt rullstolsburna knä.

Det fanns flera andra barn som väntade. En efter en uppfyllde Ribby deras önskningar. Hon sjöng igen. Den här gången dansade hon och framförde sin tolkning av Elton Johns Crocodile Rock. Hon delade ut resten av ballongerna. Bara Mikey Landers ballong återstod.

Ribby tog farväl av barnen. Hon bar Mikeys röda ballong och gick längs korridoren. Sjuksköterskan Alice väntade.

"Ribby, vänta, jag har något att berätta för dig."

Ribby ville inte höra nyheterna. Hon fortsatte att gå. Om hon inte visste, skulle det inte vara sant.

Sjuksköterskan Alice fångade Ribbys arm. "Ribby, Mikey hade mycket ont och nu har han fått frid."

Ribby ville skrika. Hon fortsatte att gå och lämnade byggnaden. Väl ute släppte hon ballongen och tittade sedan på den tills hon inte kunde se den längre.

Hon grät inte.

Kapitel 5

R *IBBY BLEV* *SÅ* *GLAD* *när hon ringde mäklaren från en telefonautomat och fick veta att lägenheten var hennes. Om lite mer än en vecka skulle hon flytta in. Gott om tid att köpa lite nödvändigheter och fundera ut hur hon skulle hålla sig borta från Martha.*

Varför inte använda mig? Vi är ju trots allt vänner, eller hur?

Vad menar du med det?

Ibland är du tjock som en tegelsten. Säg till den gamla stridsyxan att du ska besöka en vän som bor i stan, och hon heter Angela.

Tänk om hon vill träffa dig? Dessutom kan jag inte ljuga, min hy skulle avslöja mig.

Du ljuger inte. Du kommer att tillbringa tiden med mig. Du har det perfekta alibit - MIG!

Den kvällen vid middagen tog Ribby upp ämnet. "Jag skulle vilja gå ut på fredag kväll med min vän Angela."

"Berätta?!" sa Martha med förvåning i rösten. "Har du en vän?"

"Vi läser samma böcker och kommer bra överens."

"Dotter, var försiktig med din nya vän. Se till att hon inte utnyttjar dig, för du är väldigt naiv när det gäller världsliga saker."

"Jag klarar mig, mamma. Vi ska se en film och ta en kopp kaffe."

Dagarna gick fortare nu när hennes liv inte längre var som vanligt och snart var det fredag.

"Det är bäst att jag sätter fart. Vi ska träffas utanför biografen."

"Innan du går, kan du ge din stackars gamla mamma några dollar för att ersätta flaskan med Jack Daniels?"

Ribby tvekade. Om hon inte gav sin mamma pengar skulle hon kanske inte komma ut ur huset. Hon var tvungen att lämna över pengarna, så det gjorde hon.

"Jag blir sen, mamma, det är ingen idé att vänta på mig."

"Ha det så trevligt", sa Martha och stoppade in pengarna i sin behå.

Ribby gick längs gångvägen och tog flera djupa andetag. Hon kunde inte tro det. Fredag kväll och hon skulle ut på stan och gå på bio.

Glöm inte bort mig.

Hur skulle jag kunna det? Utan dig skulle jag fortfarande stå där i vardagsrummet!

Det var bra Ribby, att du gav henne pengarna ikväll. Men inte mer. Vi kommer att behöva varenda Loonie!

Under filmen fnissade Angela hela tiden åt de kärleksfulla bitarna.

Det här är så tråkigt! Snacka om orealistiskt. Nu går vi härifrån.

Det är romantiskt. Ge det en chans.

Ribby stoppade en chokladbit i munnen på henne.

Önskar att vi kunde röka här inne.

Shhhh.

Efter filmen kände sig Ribby för irriterad för att ta en kaffe och gick hem.

Vad ska du säga när vi kommer tillbaka om du-vet-vem är uppe?

Hon kommer inte att vara uppe. Efter Jack Daniels kommer hon att vara ute för räkning.

På morgonen kan du berätta för henne att du sover över hos din nya vän Angela på lördag kväll. Du kommer tillbaka på söndag kväll. Fattar du?

Hon skulle veta att jag ljög. Hon vet alltid.

Det kanske hon gör, men det var innan du fick ett eget ställe. Ett dubbelliv. Innan du hade mig. Dessutom är det en teknikalitet. Du bor i mitt hus och jag är din vän. Så... du talar verkligen sanning.

När du säger det på det sättet, låter det ganska bra.

Ja, tänd nu en cigarett och låt oss ta oss tillbaka.

Kapitel 6

D ET VAR INFLYTTNINGSDAG OCH Ribby var redo att gå.
Hon gick på tå nerför trappan i hopp om att
smyga iväg obemärkt. Det varade inte länge eftersom
Martha väntade på henne i köket.

"En kopp kaffe?"

"Tack, mamma", sa Ribby när hon satte sig ner och
tittade på klockan.

Marthas kluckande och kylskåpets surrande var de
enda ljud som hördes.

"Angela och jag hade otroligt trevligt i fredags kväll,
mamma, och hon har bett mig att bo hos henne över
helgen. Jag skulle vilja följa med."

Martha stoppade ner näsan i sin cuppa. Hon
fingrade på bordsduken med ena handen medan hon
klappade Scamp under bordet med den andra.

Hennes mors tystnad var oroande. Hon hade sällan
varit så tyst. Ribby kände sig skyldig och hennes
händer darrade när hon smuttade på sin drink. Hon
undrade om hennes mamma visste.

Ribby funderade på att säga något, tystnaden var
hemsk, men hon vågade inte. Hon drack upp kaffet,

reste sig upp och sköljde ur koppen. Hon ställde den på hyllan för att torka.

"Jag är glad att du har en vän och jag hoppas att du får trevligt."

"Tack, mamma", sa Ribby och sprang upp på övervåningen för att hämta sin handväska och gå ut. Hon tog bussen och hann igenom hela stan innan budkillarna gjorde det.

"Kom upp!" sa hon och talade in i porttelefonen. Männen bar in de blygsamma möblerna och andra föremål som hon hade samlat på sig under sina lunchtimmar. När de hade gått gjorde hon sig hemmastadd och lyssnade på vågorna från balkongen.

Vid middagstid tog Ribby en promenad längs vattnet. Hon såg flera barer och nattklubbar längs vägen. Hon hade aldrig varit på någon tidigare eftersom det inte verkade intressant att gå dit ensam, men nu var det annorlunda. Hon skulle återvända senare.

Med Angela i världen kände hon sig inte riktigt lika ensam.

SENARE PÅ KVÄLLEN VÄNTADE Ribby på trottoaren framför nattklubben.

Sluta gå så där, Ribby. Jag räknar till tio och sedan går vi in. Okej, då kör vi! Redo eller inte, här kommer vi!

Jag är rädd.

Lätt som en plätt, Ribby, lätt som en plätt! Följ med mig.

Som om jag hade något val.

Trappan var smal och svagt upplyst. Ribbys anklar vacklade i hennes nya högklackade skor när hon tog sig nerför. När hon svängde runt hörnet in till baren blinkade och pulserade stroboskopljusen i takt med musiken.

Sluta tjafsa om skorna. Paradiset väntar! Här borta. Jag ska sätta mig på den här pallen - så att jag kan kolla in vad som händer. För att inte tala om att de kan kolla in oss!

Jag vet inte, men... Kommer vi inte att se desperata ut?

Inte desperat - tillgänglig. Titta på det här stället Rib. Det är fullt av skratt, musik; vi kommer att ha en fantastisk tid. Nu, varför köper du inte en drink till oss?

Vad ska jag be om? Jag har aldrig beställt en drink förut.

Låt oss se, Angela tittade på drinkmenyn. En av dessa skulle vara bra. Ja, beställ en Vodka och Tonic - gör den stor!

Ribby rensade halsen i hopp om att fånga bartenderns uppmärksamhet. Han hade ett samtal med en man i andra änden av gatan. Hon hostade, men med den höga musiken och de blinkande lamporna trodde hon inte att hon någonsin skulle bli uppmärksammad.

Måste jag göra allt? Angela stönade. "Ursäkta mig herr bartender, kan jag få en stor V&T här borta när du har en sekund, tack?"

Bartendern tittade på Ribby och log. "Visst."

Han gick längs baren och tittade i Ribbys riktning när han blandade drinken. "Du ser inte bekant ut. Är du härifrån?"

"Jag flyttade in den här helgen. Tänkte att jag skulle kolla läget", säger Angela.

"Välkommen till grannskapet. Och det här är på huset. Jag är välkomstkommittén", sa bartendern med en blinkning.

Angela slog Ribbys ögonlock mot honom. Hon lutade sig fram, som om hon ville viska något i hans öra. Hennes bröst föll framåt i klänningen, vilket gav bartendern en fullständig bild av Ribbys urringning.

"Tack så mycket", sa Angela. "Jag har alltid velat träffa välkomstkommittén."

"Nu har du fått det, i egen hög person. Jag heter Jake, vad heter du?"

"Jag heter Angela, trevligt att träffas."

"Om du behöver något annat är det bara att vissla. Du vet hur man visslar, eller hur?"

"Som den stora skådespelerskan Lauren Bacall en gång sa, du sätter bara ihop läpparna och blåser." Jake skrattade och Angela gav ifrån sig en svag vissling.

Denna kommentar förvånade Ribby eftersom hon aldrig hade bemästrat konsten att vissla. För att inte tala om att hon aldrig hade sett någon av Lauren Bacalls filmer.

Jake flyttade sig längs baren och serverade en annan kund som hade tittat på utbytet.

"Jake, gamle man", sa mannen och kom närmare. "Vad sägs om en öl här borta?"

"Nigel. Dude. Har inte sett dig på flera veckor. Hur fan är det med dig? Jag trodde att du hade flyttat?"

"Jag? Flytta? Vart skulle man annars kunna flytta efter att ha bott nära stranden i nästan hela sitt liv? Ingen annan plats är jämförbar! De skulle behöva ta ut mig i en trälåda", sa Nigel och skrattade medan Jake hällde upp ölen.

"Vad har du haft för dig?"

"Arbete, arbete, arbete, nog sagt", sa Nigel. Han vinkade Jake närmare sig och viskade: "Vem är bruden? Ska du gå ut med henne eller får jag prova?"

"Hon är ny. Flyttade hit idag. Hon heter Angela. Jättefina tuttar och inte dåligt sinne för humor heller."

Se, han gillar oss!

Han känner oss inte ens.

Men han vill göra det.

"Ursäkta mig, Jake", sa Angela. "Jag skulle vilja beställa en stor Martini, skakad, inte rörd. Gör det till en dubbel."

"En dubbel Martini, kommer strax", sa Jake.

"Så du är ett James Bond-fan, eller hur?" frågade Jake när han placerade Martini framför henne.

Angela lekte med olivoljan och snurrade runt den i glaset och hällde sedan upp alltihop.

Ribby ryste till. Precis som tidigare hade hon aldrig sett en enda James Bond-film, inte heller hade hon läst någon av Ian Flemings romaner. Hon undrade hur Angela kunde veta saker som hon inte visste.

Angela pratade. "Sean Connerys porträtt var min favorit Bond. De borde ha slutat göra filmerna efter att han slutade." Hon sköt sitt glas över bardisken, "En dubbel Martini till åt mig tack, Jake."

"Oj, det var starka grejer", Jake tog en paus. "Är du säker på att du klarar av en dubbel till så snart?"

"Jag är ju kunden och ni är välkomstkommittén, så få mig att känna mig välkommen. Jag lovar att jag ska vara snäll", sa Angela.

Jake tittade ner i baren på Nigel som satt för sig själv. Tio killar kom gående nerför trappan och sneglade på Ribby. "Jag skulle vilja presentera dig för en vän till mig. Nigel, det här är Angela. Hon kanske uppskattar lite sällskap. Nigel känner till området väl och han är en bra kille. Jag kan gå i god för honom."

"Trevligt att träffas", sa Nigel och sträckte fram handen.

"Trevligt att träffas också", sa Angela när hon flyttade sig för att undvika den stumma rumpan. Hon svepte runt oliven i den färska Martini och stack ner den. Hon stoppade den i munnen och hällde i sig den andra drinken.

"Jag hörde att du är ny i området?" sa Nigel, medan han såg en liten bit martini sippra ut ur Angelas mungipa.

Ribby plockade upp en servett och torkade bort vätskan. Det smakade fortfarande hemskt. Som hon föreställde sig att nagellacksborttagningsmedel skulle smaka. Hur kunde Angela njuta av något som hon själv inte njöt av?

"Ja, vi har hyrt en lägenhet. Det är så vackert här", säger Angela.

"Vi?"

Ribby kröp ihop.

Angela skrattade. "Vi som i den kungliga betydelsen. Jag bor för mig själv."

"Vill du dansa?" frågade Nigel.

Ribby hade aldrig dansat i hela sitt liv.

Angela försökte ta sig ner från pallen. Hon tappade balansen och snubblade.

Nigel tog tag i hennes arm. "Whoa, är du okej?"

"Jag mår bra", sa Angela. "Eller jag kommer att vara när jag går till den lilla flickans rum. Har du någon aning om var det är?"

"Det är precis där, i slutet av baren."

"Okie dokie," sa Angela. Hon tog tag i Nigels krage och tittade in i hans djupblå ögon. "Rör dig inte. Jag är tillbaka om några sekunder och då kommer jag att tacka ja till ditt erbjudande om en dans."

Ribby tog ett djupt andetag när Nigel nickade och backade undan.

Angela torkade av sin klänning.

Väl i båset lutade sig Ribby mot metalldörren som kändes sval mot hennes rygg. Hon rev av en massa toalettpapper och täckte över sitsen innan hon satte sig.

Rummet snurrade.

Jag tror att jag kommer att bli sjuk.

Nej, vi kommer inte att bli sjuka, Rib. Vi ska bara sitta här en sekund eller två till. Sedan går vi ut till handfatet och skvätter lite vatten i ansiktet. Vi kommer att bli bra. Det lovar jag.

Några ögonblick senare gick Angela fram till Nigel. Han såg bekymrad ut. Han var inte snygg, men han var inte ful heller. Han såg ganska normal ut. Han hade svarta jeans, en ljusblå t-shirt och svarta stövlar. Hon gillade hans lilla skägg.

"Kom då", sa Angela och tog Nigels hand i sin och ledde honom ut på dansgolvet.

Det var en långsam låt.

Ribby visste inte ens hur man skulle bli hållen. Hennes handflator droppade av svett.

Nigel höll henne på armlängds avstånd.

"Närmare", viskade Angela och drog in honom genom att kupa hans skinkor.

Medan Chris de Burgh sjöng Lady in Red lade Angela huvudet på Nigels axel och slappnade av. Ribby slappnade också av. Hon kunde känna hans hjärta slå mot hennes. Hon kunde känna hans andedräkt mot sin hals.

Angela ville ta med honom hem.

Ribby ville inte det.

E FTER DANSEN TOG ANGELA tag i Nigels hand och drog honom tillbaka till baren. De satte sig på stolarna med knäna mot varandra. Nigel visade två fingrar i bartenderns riktning och sa: "Tequila."

Angela sköt håret bakom örat och lutade sig fram: "Försöker du få mig berusad?"

"Uh, nej. Det är inte min stil."

Angela rörde vid hans knä när drinkarna kom.

Nigel kastade tillbaka sin shot. "Så, vad gör du? Jag menar för att försörja mig. Jag menar, jag tror att vi går lite för fort fram här."

Jag håller med!

Shhh Ribby. Somna om nu. Sedan till Nigel, "Lite av det här och lite av det där." Hon kastade tillbaka tequilashoten och satte limen mellan tänderna.

"Ah, en mystisk kvinna, va?" Han skrattade. "Tja, jag jobbar med PR."

"Vad spännande! Har ni alltid jobbat för samma företag?"

"Ja. Ett av de tio största företagen rekryterade mig direkt från universitetet. När man börjar jobba för de bästa kan man bara gå neråt."

"Jag förstår vad du menar. Så, vad gillar du att göra? Det vill säga, förutom P.R. och att hänga på barer."

"Jag brukar inte hänga på barer."

"Visst, visst", sa Angela.

"Ärligt talat", sa Nigel och strök över hennes knä med sin hand.

Ribby kände sig ängslig. Han började bli för bekant. Hon ville gå därifrån.

Angela gillade det.

Nigel fortsatte: "Jag känner Jake. Vi har känt varandra i flera år, så jag kommer hit till Cat's Eye då och då, för att komma ut. Du kan inte stanna i din lägenhet och titta på Netflix eller spela Xbox-spel hela tiden. Det är bättre att komma ut. Att träffa folk, och det här området är en sådan happening-plats!"

"Det är det, men just nu skulle jag mörda en kopp kaffe. Skulle du vilja gå någon annanstans, mindre bullrigt och bjuda en tjej på en kopp kaffe? Jag skulle gärna bjuda hem dig till mig, men det är en enda röra eftersom jag flyttade in först idag", sa Ribby.

Jag sa åt dig att lämna det här till mig. Lägg av.

"Det finns ett litet café inte så långt bort, och sedan följer jag dig hem. Om det är okej för dig, Angela?"

En kopp kaffe, jag är bra med det.

Ta ett lugnande piller.

Ribby och Nigel gick arm i arm till Night Owl Café där de beställde cappuccino. De pratade informellt fram till kl. 01.00, då Ribby sa att hon ville gå hem.

"Du är en sådan gentleman som frågar om du vill följa mig hem. Jag är glad att Jake introducerade oss."

När de kom fram till Ribbys lägenhet frågade Nigel: "Kan jag få ditt telefonnummer? Jag skulle vilja träffa dig igen."

"Ingen telefon än", sa Angela medan hon letade efter nycklarna i sin handväska. När hon tittade upp igen kastade sig Nigel ut för en kyss. När hans läppar mötte Angelas kysste hon honom tillbaka. Hennes händer rörde sig över hans axlar och bröst. Hans i sin tur utforskade.

När Ribbys knän började vika sig tog hon över. För andfådd för att tala drog hon sig undan. "Det är bäst att jag går in." Hon rörde vid sina läppar. De pirrade fortfarande.

"Jag hoppas att jag inte var för framfusig. Du verkade gilla det."

"Det gjorde jag", sa Angela.

"Jag måste gå", sa Ribby. "Det har varit en lång dag, med flytten och allt." Hon öppnade dörren och gick in.

Nigel följde henne till den öppna hissen. "När får jag se dig igen?"

När hissen började stängas tog Angela över. "Nästa lördag, samma Bat-tid, samma Bat-kanal."

När dörrarna stängdes rörde Ribby vid hennes läppar igen. Det hade varit hennes första kyss och hon gillade det mycket.

Angela ville ha mer. Hans kyss gjorde henne varm, febrig.

Hon slängde upp dörrarna till balkongen. Nigel stod där nedanför och tittade upp. Han vinkade.

"God natt, Nigel", sa Ribby.

"God natt, Angela", sa Nigel.

Vi kunde ha bjudit upp honom, vet du.

Jag har precis träffat honom och vet inte ett dugg om honom. Dessutom känns det konstigt i huvudet och magen.

Han är helt ofarlig.

Om det är sant, så kommer han tillbaka.

Ribby gick in igen. Hon stängde och låste balkongdörrarna. Hon gick till sitt badrum och stirrade på sig själv i spegeln under en lång stund och förväntade sig att se Angela där. Hon kunde inte hitta några spår av henne.

Efter en varm dusch lade sig Ribby i sängen. Hon stängde sovrumsdörren, som hemma. Då slog det henne att hon inte behövde göra det längre. Hon gick upp, öppnade dörren på vid gavel och lade sig i sängen igen. Hon hade på sig sitt nattlinne i flanell eftersom nattluften hade gett henne en förkylning. När hon föll tillbaka på kudden började rummet snurra. Taket var golvet och golvet var taket. När hon slöt ögonen steg magen upp mot halsen. Hon höll sig fast i sängkanten som om hon var på drift i en livbåt, tills hon inte kunde stå ut med snurret längre. Hon sprang in i badrummet och kräktes. Ribby blev vän med porslinsbiten och knäböjde inför den som om den vore en gud.

När hennes mage var tom snubblade hon tillbaka till sängen och försökte sova. Rummet snurrade inte längre. Hon kände sig inte bekväm med rösten i sitt huvud. Angela verkade veta saker. Att ha upplevt saker. Annat än vad hon själv hade upplevt. Hur var det möjligt? Varför hade hon beställt alla dessa Martinis?

Tanken på att dricka Martinis och Tequila fick Ribbys mage att slå bakut. Den här gången var det torra uppstötningar, hon hade inget kvar att erbjuda porslinsguden.

Hon sov vid gudens fötter och tryckte pannan mot det svala porslinet.

Kapitel 7

RIBBY ÖPPNADE ÖGONEN. HON var i badrummet, på golvet. Hon lyfte sig upp och använde toalettstolen som ankare. Osäkert satte hon ner locket och satte sig på det. Hon satte på kranen i handfatet bredvid sig, lät vattnet rinna i några sekunder, fyllde sedan ett glas och tog en klunk. Hennes händer skakade när vattnet rann ner i hennes mage.

När Ribby kunde stå upp höll hon sig i diskhon, såg sig själv i spegeln och svor på att aldrig dricka alkohol igen.

Vilken lättviktare.

Ribby duschade, klädde på sig och gick ut på en promenad för att rensa huvudet. Hon stannade till på ett café och beställde en stark kopp kaffe. Medan hon satt och smuttade bestämde hon sig för att hon var redo att gå hem, och hon gick och tog bussen.

Det vill säga till Marthas hem.

Hände det verkligen igår? Det var som en dröm.

Det där med att kräkas var mer som en mardröm!

Nigels kyss var drömlik.

Min första kyss var bättre än pannkakor med smör och sirap.

Shh, du gör mig hungrig.

Ribby klev av bussen och gick hemåt När hon svängde runt hörnet satt Martha där i nattlinnet klockan fyra på eftermiddagen och drack ur en flaska öl.

"Hur mår min dotter då?" frågade Martha.

"Vi hade jättetrevligt, mamma. Angela är jätterolig. Hon bjöd in mig att stanna igen nästa helg."

"Bra. Alla säger att du är alldeles för allvarlig. Du behöver en vän i din ålder att ha lite kul med."

"Vilka är alla, mamma?"

Martha reste sig upp. Hon snubblade lite när Ribby backade undan. Doften av öl i kombination med en otvättad kropp fick henne att ta grunda andetag.

"Det spelar ingen roll. Jag tror att du också behöver en mans sällskap."

"Jag träffade en igår kväll som hette Nigel. Han följde mig tillbaka till Angelas lägenhet och..."

"Du är borta hemifrån en kväll, och du får en man att följa dig hem! Låter som du är mer min tjej än jag trodde du var!"

"Ingenting hände."

"Inte den här gången, dotter, men det är mitt blod som rinner genom dina ådror, och tiden kommer att visa att det jag säger är sant. När du väl får tag på en man, när han börjar röra vid dig på platser, oh platser, då kommer du att vakna till liv. Han kommer att ta dig dit du aldrig trodde att din kropp kunde gå. Vilken man som helst kan göra det för dig, dotter, vare sig du älskar honom eller inte. Vilken man som helst kan det. En man som vet kan lära dig."

"Jag vill inte höra det här", sa Ribby och rusade upp för trappan till sitt rum. Hon smällde igen dörren och låste den. Hon hällde i badkaret, tillsatte massor av bubblor och valde en bok från sidobordet. Hon badade i timmar och försökte att inte tänka på vad Nigel kanske kunde lära henne.

Kapitel 8

M åNDAG MORGON, TILLBAKA På jobbet. Den vanliga kön av kunder. Ribby betjänar dem, huvudbibliotekarien tar ingen notis. Senare var Ribby på andra våningen och satte tillbaka böcker på hyllorna. Hon tittade ut genom fönstret för att se om det hände något intressant, men det gjorde det inte. Tills det hände. En limousine på andra sidan gatan. En chaufför med keps klev ur och öppnade dörren. Ribby såg på när ett par långa ben i anmärkningsvärt höga klackar på en blond kvinna klev ur. Chauffören stängde dörren och kvinnan gick iväg i motsatt riktning från biblioteket.

Jag skulle vilja se annorlunda ut.

Det vill jag också. Vad hade du tänkt dig?

Vårt hår, vi skulle kunna ändra det. Färga det. Blondiner har roligare.

Kanske en peruk istället? Mindre permanent.

Låter som en plan. Jag kan inte vänta!

När böckerna var tillbaka på sina platser återvände Ribby till sitt skrivbord. Hon letade efter en perukbutik i närheten. Wigs-R-Us låg flera kvarter bort. Hon tittade på klockan och det var nästan dags för lunch. Hon skulle lätt kunna ta sig dit och tillbaka. Utanför butiken tittade hon på perukerna i skyltfönstret.

Jag gillar den där. Och den där.

Är det sant? Skulle du vilja ha det så kort?

Ja, definitivt kortare.

Klockan ringde när hon gick in i butiken. Det var märkbart tyst, tystare än i biblioteket.

"Hallå?" sa Ribby.

En kvinna dök upp bakom disken med utsträckt hand, "Välkommen till min butik. Vad kan jag hjälpa dig med idag?" Även stående var hon mycket kortare än Ribby.

Ribby öppnade munnen för att säga något, men innan hon hann säga något talade kvinnan igen.

"Om du vill sitta här nere kan jag ta perukerna till dig. Peka bara på vilka du vill prova. Jag anpassar peruken till dig och sedan kan du titta på ditt nya jag i spegeln."

Kvinnan lade sin hand på Ribbys rygg och ledde henne till stolen. Ribby satt medan kvinnan vevade stolen lägre och lägre. Ribby böjde sig ner ytterligare för att få plats.

"Vad gör du?" frågade kvinnan medan hon drog fingrarna genom Ribbys hår. "Jag menar, hur försörjer du dig? Du vill verkligen ha en peruk som passar din livsstil. Åh, ditt hår är underbart förresten."

"Uh, tack så mycket. Jag arbetar på biblioteket. Jag skulle vilja ha en blond peruk. Kort, som den i fönstret. Där."

"Oj, det var ett intressant val. Det är vår mest populära blonda peruk. Du vet vad man säger, blondiner har roligare."

Kvinnan hade en låda bakom disken fylld med peruker precis som den i fönstret. Hon tog fram den och började binda upp Ribbys riktiga hår.

"Jag har ändrat mig", sa Angela. Hon pekade upp, "Jag skulle vilja prova den där."

Va? Vad gör du? Vad håller du på med?

Den andra är vanlig. Jag vill ha något speciellt.

Det låter bra.

Peruken hade lugg som sveptes över pannan och fälldes ner baktill. Den var axellång och kändes ganska stel.

Definitivt inte.

Jag håller med.

Den där då?

Den var märkbart kort med en del på vänster sida, men den var förskjuten. Luggarna var fjäderlätta, stilen skiktad överallt och håret slutade precis under örsnibbarna. Så fort kvinnan satte på sig frisyren älskade både Ribby och Angela den. Det var en total kontrast till Ribbys vardagslook.

Jag kan inte tro det, jag ser så vacker ut.

Det är klart att du gör, Angela.

"Perfekt! Slå in den!" sa Ribby. "Jag måste tillbaka till jobbet."

Nu behöver vi bara lite nya kläder!

Ribby tillbringade eftermiddagen med att arbeta på datorn. Hon skickade e-post till förstagångsförbrytare som var sena med att lämna tillbaka sina böcker. Återkommande förseelser krävde ett telefonsamtal.

Efter jobbet gick de till köpcentret och köpte några saker. Det var sent så Ribby var tvungen att ta en Uber för att hinna till sjukhuset i tid.

Hon kastade sig över att underhålla barnen. Mikeys frånvaro hängde fortfarande i luften, men barnen lyckades ändå le och till och med skratta lite.

På väg hem med bussen tog vinden tag i Ribbys jacka och knuffade henne framåt.

Varför åker vi inte till vårt riktiga hem?

Det är ju bara måndag, vi vill inte att mamma ska bli misstänksam.

Okej. Jag går med på den här charaden.

Shhh.

Ribby vred om handtaget och öppnade ytterdörren till Marthas hus.

En mansröst bröt ut i skratt.

Ribby lyssnade en stund och hörde bestick som klickade mot tallrikarna. Hennes mage knorrade. Hon hade inte ätit något på hela dagen.

I köket doppade John MacGraw sitt bröd i sin halvtomma skål. Martha skedade gryta i Scamps skål och han slickade i sig den.

När hon kom in i köket tittade Ribby på Martha som log. När John var i närheten verkade Martha ibland som en annan person. Av alla beaus som hennes mamma tog hem var John den mest anständiga. Han tog fram det bästa i hennes mamma som verkade vilja att han skulle tro att de stod varandra nära.

"Hej, mamma. Hej på dig också, John."

"Gör oss sällskap", ropade Martha och klappade på sitsen på stolen närmast henne. Innan Ribby kunde sätta sig hoppade Martha upp. "Vänta! Jag har något att visa dig först. Det är en gåva från John."

"Det kan vänta tills efter middagen", sa John och uppmanade dem båda att sätta sig med bestämd röst.

"Det luktar verkligen gott", sa Ribby när Martha tog hennes hand och drog med henne ut ur köket.

"Ta-dah!" sa Martha. Det var en ny bärbar telefon med en mycket lång förlängning.

"Wow, det är ju fantastiskt."

"Det är det verkligen, nu går vi tillbaka till köket. Vi vill inte låta John vänta."

"Din mamma är en duktig kock", sa John så fort de satt sig ner.

"Tack för telefonen."

"Ingen fara, det var på tiden att du fick en här. Det gör det lättare för mig att höra av mig", sa John.

Martha hällde upp lite mer gryta i Johns skål. "Jag vet inte om jag har nämnt det för dig förut, John. Ribby tillbringar sina måndagskvällar med att underhålla sjuka barn på sjukhuset." Hon hällde upp lite i Ribbys skål. "Hur var det med Mikey idag?" Utan att vänta på svar: "Mikey är Ribbys favorit, han--"

Ribby brast ut i gråt. Hon hade inte gråtit för Mikey tidigare. Nu kunde hon inte sluta. Tårarna fortsatte att rinna, droppade nerför hennes kinder, ner i skålen med gryta.

"Skärp dig, flicka lilla", sa Martha med höjd röst. Hon kastade en blick på John för att se om han märkt något. Hon var nöjd med att han inte hade gjort det, klappade Ribbys hand och koketterade. "Vad är det för fel? Vi med sällskap och allt, och du som gråter som en bebis. Ta dig samman." Hon tryckte in en nagel i Ribbys handrygg och viskade: "Du gör John generad."

"Aj", sa Ribby, drog bort handen och fortsatte snyfta.

"Oroa dig inte för mig", sa John. "En god gråt har aldrig skadat någon. Det här är ditt hem, Ribby, och du kan gråta om du vill."

Ribby började skratta. Inte skratta, utan skratta. I hennes huvud spelades en melodi: Det är mitt hem och jag kan gråta om jag vill, gråta om jag vill, gråta om jag vill. "Mikey är död."

Kapitel 9

"ANGELA BJÖD IN MIG för hela helgen", sa Ribby vid frukosten nästa morgon.

"Det är bra tajming Ribby, bra tajming. John och jag ska tillbringa helgen tillsammans. Vi har planer."

Ribby suckade av lättnad.

"Ha det så trevligt och..." Hon tog tag i Ribbys handled. "Jag vill säga hur ledsna John och jag var igår kväll, när vi hörde om lille Mikey. Jag vill inte att du ska bli alldeles tårögd igen, men jag är stolt över dig. Jag hoppas att du får en trevlig helg. Du förtjänar det."

Ribby blev förvånad över sin mammas vänliga ord och slängde armarna runt hennes hals.

"Då så", sa hon och klappade sin dotter på ryggen.

De skildes åt och Ribby gick till busshållplatsen. Hennes dag blev allt mindre lik Groundhog Day.

Vilken skit. Hur kan du krama henne efter allt hon har sagt och gjort mot dig? Hur kunde du? Det fick det att krypa i skinnet på mig.

Hon var uppriktig.

Du är sååååå naiv!

M ED DEN NYA PERUKEN och mörka solglasögon var Angela fast besluten att ge sig ut på en shoppingrunda.

Men vi har inte råd med det.

Det är vad kredit är för.

Jag måste fortfarande betala tillbaka det.

Ta det lugnt, det ordnar sig.

Angela provade de mest o-Ribby-liknande kläderna och maxade sitt kreditkort.

Ärligt talat, inga fler utgifter.

Okej, okej, men ser vi inte fantastiska ut?!

Ribby erkände att hon inte längre kunde känna igen sig själv.

Du är där. Du är fönstret och jag är ramen.

Huvuden vändes när hon gick längs strandpromenaden. Det var kattskallar och visslingar.

Hon gick in på en annan nattklubb närmare vattnet. Dörrvakten kontrollerade Ribbys ID-kort och tittade en extra gång på bilden.

"Är du säker på att det är du?" frågade han.

"Självklart är det det", svarade Ribby. "Det är en peruk."

"Jag ber om ursäkt, det var inte meningen att förolämpa dig. Här är en kupong för en gratis drink."

"Tack."

Jag gillade inte hur den där killen tittade på oss.

Ja, det var som om han hade röntgensyn och kunde se rakt igenom klänningen.

Vilket äckel.

Vi köper gratisdrinken och går sen till Cat's Eye.

L ITE SENARE KOM HON till Cat's Eye och fick syn på Nigel som satt för sig själv.

Jag tror inte att han känner igen oss.

Varför skulle han göra det? Vi har mörka glasögon och en blond peruk.

Angela beställde en Martini.

Bara tanken på alkohol gjorde Ribbys mage illamående.

Nigel kastade en blick på Angela. Hon bekräftade honom med en blinkning och kastade sedan tillbaka Martini. Hon beställde en till.

"Vill du dansa?" frågade han.

Nigel lade armarna om Angelas midja och höll henne intill sig. Han tittade in i Angelas mörka solglasögon.

Angela lade sin hand på Nigels högra skinka. Hon gungade honom fram och tillbaka mot sig. De två gungade i mörkret till det pulserande discoljudet. Innan låten var slut kysstes de. De glömde bort att de befann sig på en offentlig plats. Nigel tog hennes hand och ledde henne ut från klubben.

Det blev inga ord, eftersom passionen mellan dem var för stor. De gick några steg och sedan tryckte Angela upp honom mot stenmuren och kysste honom igen.

De gick vidare och passerade 7-11. De höll om varandra och kysstes, Angelas läppstift satt på hans krage och på sidan av hans ansikte. Båda såg ut som om de hade varit i strid.

När de kom fram till Ribbys ställe insåg Nigel vem Angela var. Hon tog hans hand och ledde honom upp på övervåningen.

"Uh, vänta lite", sa Nigel. "Är det här något slags spel?"

"Naturligtvis inte", sa Angela, knäppte upp knapparna på hans skjorta och kysste honom på bröstet. "Kom igen nu."

"Jag vet inte vad det är med dig", sa Nigel. "I..."

"Åh, håll käften! Och de säger att kvinnor pratar för mycket!" sa hon medan de slet av varandra kläderna och föll ner på sängen.

Efteråt plockade Nigel upp sina kläder och smög ut innan Angela vaknade.

Ribby mindes inte att han lämnat nattklubben.

Angela kom ihåg varenda detalj.

Kapitel 10

R*IBBY B*ALUSTRADES BARNDOM HADE *inte varit lycklig. Hon var ett ensamt barn som skulle ha gynnats av ett hushåll med två föräldrar. Eftersom hon aldrig kände sin far var hon tvungen att föreställa sig honom. Hon såg honom som en blandning av Atticus Finchs karaktär i To Kill A Mockingbird och Gregory Pecks verkliga person.*

När Ribby frågade om hennes far bytte Martha ämne.

Ribby återgick till att läsa To Kill A Mockingbird. "Man kan aldrig riktigt förstå en person förrän man betraktar saker ur hans synvinkel ... förrän man klättrar in i hans hud och går omkring i den."

Efter att ha ställt många frågor om sin far och inte fått några svar kläckte Ribby en plan. Hon skulle klättra upp på vad hennes mamma kallade 'No-Go-Zone'— vinden— och undersöka som Nancy Drew gjorde. Tyvärr var allt hon upptäckte där uppe vägg i vägg av kryp, mestadels spindlar. Plus en sjuklig stank av gamla dammiga och mögliga bortglömda lådföremål som inte hade med hennes far att göra.

När hon smög ner igen hörde hon sin mammas skor knacka på verandan. Ribby insåg att hon hade glömt att stänga vindsdörren och fick panik. Hon flyttade tillbaka stegen till sin ursprungliga plats och planerade att laga den senare. Hon hoppades att hennes mamma inte skulle märka något.

När de satte sig ner för att äta middag bad Ribby om och om igen att hennes mamma inte skulle märka något. Hon sa till Gud att hon aldrig skulle säga eller göra något dåligt under resten av sitt liv. Hon lovade att ge upp sin favoritleksak, en blond docka som hette Anna.

Martha hängde på sig rocken och gick direkt in i köket. Hon satte sig ner. Ribby satte på vattenkokaren och serverade sin mamma en kopp kaffe. Martha smuttade, noga med att inte kladda ner sitt läppstift.

Ribby observerade denna nyans. Att hon bevarade sitt läppstift betydde att Martha skulle gå ut igen. Hon tackade Gud för att han hade hört henne och hennes puls sjönk.

"Så, vad har du haft för dig idag då?" frågade Martha. "Har du gjort klart dina läxor?"

"Nästan, mamma, nästan", svarade Ribby och böjde sig fram för att fylla på sin mammas kaffekopp.

"Förresten, vad gjorde du uppe i No-Go-Zonen, min flicka?" frågade Martha och höll i Ribbys skakande hand medan hon hällde upp.

Ribby hade ingen ögonkontakt med sin mamma. Några sekunder senare stänkte det urin längs hennes ben, på hennes skor, på golvet och hon började gråta.

"Förbaskat, Ribby. Titta nu vad du har gjort! Kissat över hela mitt golv. Hämta moppen och torka upp det. Bry dig inte om att städa, städa upp det här! Vad ska en mor göra

med en dotter som ljuger? Vad ska en mamma göra med en dotter som kissar över hela hennes fina rena golv?"

Ribby moppade frenetiskt. Det fram- och återgående skvättandet gav henne tid att tänka. Den kalla känslan av urinen mot hennes hud fick henne att rysa. När golvet var fläckfritt igen lade Ribby tillbaka moppen på sin plats och gjorde sig redo att gå upp och byta om.

"Inte så fort, min flicka", sa Martha, tog sin dotter i håret och släpade henne till stegen. "Vi kan väl inte låta det stå öppet hela natten, eller hur? Läskiga kryp du vet. Nu går du upp dit", sa Martha och knuffade sin dotter uppåt.

Ribby flaxade med armarna. Rädd för att gå upp. Rädd för att falla ner.

När hon nådde toppen skrattade Martha. "Eftersom du trivs så bra där uppe borde du faktiskt sova över. Gå in du, min flicka." Martha klättrade upp på stegen bakom henne. "Tänk på vad en No-Go-Zone innebär", hojtade Martha när hon stängde falluckan. Stegen svajade under Marthas tyngd. När hennes höga klackar nuddade golvet klickade de till och stannade sedan. Ribby grät redan. "Jag ska sätta på låset och släcka ljuset. Lyssnar du på mig?"

Ribby snyftade ännu högre.

"Om du undrar så finns det inte bara spindlar där uppe. Det finns små lurviga råttor också!"

Ribby skrek och bankade på dörren och bad sin mamma att släppa ut henne. Bönade. Hon svor att hon aldrig skulle lyda henne igen. Det kom inget svar.

Utanför smällde en bildörr igen. Martha och en av hennes beaus körde iväg.

Något lurvigt snuddade vid hennes ben och hon sprang, snubblade och slog i huvudet. Hon ropade på sin mor igen. Fortfarande inget svar.

När Martha kom tillbaka sa hon: "Gå inte upp dit igen. Jag menar, aldrig."

"Ja, mamma", sa Ribby, och det gjorde hon aldrig.

Minnet av att vara instängd på vinden. Förödmjukelsen av att ha kissat på sig. Alla skuldkänslor och skamkänslor kom tillbaka som en hämnd. Samma traumatiska minne. Tvingar Ribby att återuppleva det, om och om igen.

Din mamma är en total och fullständig kossa.

Hon menade väl. Det var en läxa hon lärde sig.

Min fot menar väl, och jag skulle sätta den rätt upp i hennes bakdel om hon försöker något liknande någonsin igen.

Jag är glad att du är på min sida nu.

Ribby blev inte längre förvånad eller chockad över vad Angela visste.

Och glöm det aldrig!

Kapitel 11

NGELA VAR HELT FÖRBRYLLAD över Ribbys lojalitet mot Martha. Att leva i Ribbys sinne med en förstahandsberättelse om Marthas grymhet var olidligt.

Angela använde sin styrka i den interna dialogen för att hjälpa Ribby att möta det förflutna. Hon uppmuntrade Ribby att knyta näven. Detta fokuserade hennes energi i ögonblicket. Aktionen fungerade till en början, även när Ribby hade en mardröm eller en flashback.

Senare försökte Angela samla ihop de dåliga minnena och trycka tillbaka dem. Borta. Så långt in i Ribbys sinne att de inte längre gick att nå. I teorin var det en bra idé, men i verkligheten kunde Angela inte blockera bort dem.

Den enda utvägen verkade vara den uppenbara. Att ta Ribby bort från situationen en gång för alla. Någonstans, långt borta där Martha inte kunde utnyttja henne eller skada henne längre. Angela tänkte att det måste vara en ren brytning. Hon väntade på ögonblicket när tidpunkten skulle vara rätt.

Bra saker kommer till dem som väntar.

Efter ytterligare en vecka i Marthas hem var Angela glad över att kunna gå ut och festa. Hon hade på sig den blonda peruken, mörka solglasögon och en röd ärmlös klänning. I sina nya kläder kände hon sig mäktig och oövervinnerlig. Hon var också fast besluten att inte låta något komma i vägen för att ha kul.

På vägen mot nattklubben visslade och catcallade en grupp tonårspojkar. De var bara tonåringar, men pojkar som borde ha vetat bättre.

Angela drog den närmaste till sig i skjortan. "Om du kommer nära mig igen, vem som helst av er, sliter jag av dig kulorna och ger dig dem till frukost. Förstått?"

Pojkarna skuttade iväg.

Angela skrattade, strök över klänningen och kontrollerade att hon inte hade brutit någon nagel. Hon tände en cigarett och fortsatte att gå längs stranden och in på puben.

Vild.

Wow, hur är läget? Det där var mer än lite O.T.T.

Pojkar blir män. De borde lära sig respekt.

De sprang som om du vore Bellatrix Lestrange!

Inte i den här peruken!

När Ribby kom fram till nattklubben gick hon fram till baren och beställde en drink. Hon smuttade motvilligt. Angela tog över och kastade tillbaka

Martini. Hon beställde en till och fick syn på en vältränad dörrvakt i entrén.

Vi väntar en minut eller två till på Nigel.

Han kommer ändå inte att minnas oss.

Åh, han kommer att minnas mig.

Två Martinis senare.

Vi går, det händer inget här.

Tålamod, min käre vän, tålamod.

Dörrvakten skilde på ungdomarna som kom nerför trappan på väg över till där Ribby satt.

"Hur mår du?" sa han och försökte för hårt att vara sexig.

"Mycket bra, tack", sa Ribby.

Håll käften Rib— låt mig sköta det här. "Det här stället är faktiskt Bores-ville ikväll."

"Ja, det är lite som Sesame Street här inne, eller hur?" sa dörrvakten innan han presenterade sig som "Ed; Ed the Bouncer."

"Jag heter Angela."

"Trevligt att träffas, Angela", sa Ed medan han försökte titta ner i hennes klänning. "Om du är ute efter en trevlig stund, häng kvar till kl. 2. Jag slutar jobba då. Kan vi gå ut någonstans?"

"Tack för erbjudandet", sa Ribby, "men vi måste...."

"Jag kan vara tillbaka runt 2:30", sa Angela. "Var ska vi träffas?"

Ed var extremt specifik när det gällde den avskilda platsen på stranden.

Angela hoppades att han var lika bra som han såg ut.

J AG FATTAR INTE ATT du gick på dejt med den idioten. Vi ska absolut och fullständigt INTE gå.

Rib, oroa dig inte för det. Ta det lugnt. Ta en tupplur. Jag berättar senare. Iväg med dig nu tjejen, nattlinne natt.

Klockan 2.30 väntade Angela på stranden. Hon hade bytt om till en svart klänning.

Dörrvakten Ed svassade fram och hon ropade på honom. Han snubblade mot henne.

"Du är förbannad."

"Lite grann, men inte tillräckligt." Han knuffade henne till marken, slet sönder hennes klänning och föll ovanpå henne.

"Lugn nu pojke, lugn", sa Angela och försökte få kontroll.

"Kom igen, älskling. Jag lovade att visa dig en bra stund." Han pressade sin mun mot hennes.

"Aj", sa Angela, "inte så hårt, älskling. Jag gillar inte när det är hårt."

Men Ed verkade inte bry sig. Hans händer slet och slet.

"Har din mamma inte lärt dig något hyfs?" sa Angela när hon tryckte tillbaka honom med sina fingrar utspridda. "Kvinnor som jag vill att en kille ska vara snäll, försiktig." Hon bankade på hans bröst.

Han tog tag i hennes handleder med sina massiva händer och satte sig på henne. "Vissa kvinnor gör det, och vissa kvinnor gör det inte." Han skrattade. "Jag hade dig på kornet från den minut jag såg dig. Du satt i baren med klänningen i högsta hugg. Du stirrade på alla killar som kom in genom dörren. Desperat efter det. Gaggade efter det."

"Vänta lite", sa Angela och kämpade för att komma loss. "Jag vill ha dig, men inte här. Jag vill att det ska vara lite mer romantiskt för min första gång."

Ed frös till is.

Hon fortsatte. "Har du någonsin sett filmen Härifrån till evigheten med Burt Lancaster och Deborah Kerr? Du vet den där de gör det när vågorna kommer in?"

Han lutade sig närmare. "Visst, det är en klassiker." Han böjde sig ner och kysste henne på halsen. "Mindre prat, va, älskling?"

"Kom närmare vattnet, som i filmen, förstår du vad jag menar?" Angela viskade. "Ta mig dit, jag vill ha dig där."

Ed stannade. Hon knuffade bort honom och ställde sig upp.

Hon sträckte sig efter sin handväska, släppte den och sprang mot vattnet. Hon tittade sig över axeln. Han tittade på henne.

Vid vattenbrynet lyfte hon upp fållen på sin klänning.

Ed slet av sig sin skjorta och sprang i hennes riktning och tappade sina jeans på vägen.

När han kastade sig mot henne gick nyckeln hon höll i rakt in i hans ögonhåla. Han skrek och klagade sedan när hans ljumske träffade hennes knä. Hon grämde sig över det kväkande ljudet när hon drog ut nyckeln ur hans öga. Medan blodet rann nerför hans ansikte snyftade han och rullade runt och höll för sitt ljumskeparti. Hon stack nyckeln i sidan av hans hals och träffade en artär. Blodet sprutade som vatten från en brandmans slang.

Hon flyttade sig några steg från kroppen och doppade tårna i vattnet. Hon tittade tillbaka på honom då och då. Tills han slutade röra sig. Hon gick tillbaka och lyssnade för att se om han var död: det var han. Till slut... Hon rullade honom, som en säck potatis, djupare och djupare ner i vattnet. För varje knuff verkade liket lättare och lättare.

Arkimedes hade rätt.

När han var så långt ute som hon kunde simmade hon tillbaka till stranden och samlade ihop sina kläder och klädde om sig.

Hon lämnade hans saker där han hade tappat dem.

När den nya dagens sol färgade himlen eldröd återvände Angela till vattnet.

Hon skannade strandlinjen och såg inga tecken på honom. Hon doppade nyckeln i vattnet för att skölja bort blodet och gick sedan hem. Efter en lång dusch sov hon som ett barn.

Kapitel 12

R IBBY ÖPPNADE ÖGONEN. SOLEN som strålade in fick henne att rygga tillbaka. En välbekant känsla av déjà vu fick henne att sätta sig upp. Hon sträckte på sig och gäspade och undrade varför hon mådde så dåligt. Hon kunde inte minnas någonting efter att ha suttit i baren.

Hon klev upp ur sängen och satte på kaffe medan hon duschade och klädde på sig. Hon såg sin klänning på golvet, skrynklig. Hon plockade upp den och sand föll ner på golvet. Hon ryckte på axlarna och slängde den i tvättkorgen.

Medan hon rörde ner socker i kaffet tänkte hon på klänningen och sanden. Hon försökte minnas kvällen innan, men ingenting kom.

Hon tittade efter tidningen utanför dörren. Hon kastade en blick på rubriken medan hon hämtade sitt kaffe. Hon stoppade tidningen under armen och drog tillbaka glasdörrarna och överfölls av ljudet av kaos. Polisbilar. Ambulanser. Brandbilar. Pressen. En folkmassa av åskådare. Bedlam och inte långt från hennes hem. Polisen hade spärrat av större delen av området med sandbarriärer. Nära vattenbrynet hade ett annat område spärrats av med flaggor.

Angela hade en ganska bra uppfattning om vad allt ståhej handlade om.

Jag måste se vad som händer.

Kanske är det en inspelningsplats för ett reality-program. Eller en film.

Åh, det skulle vara spännande. Jag ska ta mig en titt.

Ribby klädde på sig och gick till stranden. Hon smög sig in i folkmassan och frågade en äldre dam vad som hade hänt.

"Död", sa kvinnan. "Hittad död. Sköldpaddorna måste ha tagit honom. Vilken syn!" Hon torkade sig i pannan med en näsduk.

Duuun dun duuun dun dun dun dun dun dun dun BOM BOM...

Jaws tema? Måste ni? Hon sa att det var en sköldpadda.

"Åh, herregud, stackars man."

Jag gjorde det på mitt sätt.

Du, shh. Du, shh. Snälla.

Polismannen hade en megafon. Han bad alla att skingra sig om de inte hade bevis att presentera.

Duuun dun duuun dun dun dun dun dun dun dun, BOM BOM...

Snäppsköldpadda.

Ibby, som var rädd för kaoset i sitt nya hem, återvände till sitt gamla hem.

Varför går du tillbaka dit? Stanna här och se vad som händer.

Nej, jag vill komma bort från oljudet.

Tänk om Martha och en av hennes beaus är mer högljudda med studsande studsande?

Usch. Jag går över den bron när jag kommer till den.

Hon öppnade persiennerna i vardagsrummet. Ingenting utanför rörde sig, inte ens en bris. Klockan tickade på bakom henne i takt med hennes hjärtslag. Det var tyst, nästan för tyst. Hon drog för persiennerna.

Hon sträckte sig efter fjärrkontrollen och satte på TV:n. Hon klickade runt men hittade inget som fångade hennes intresse. Hon bläddrade igenom en tidning och valde sedan en bok från hyllan. Ingen av dem fångade hennes uppmärksamhet. Hon gick in i köket och gjorde sig en kopp te.

På väg tillbaka ringde det på ytterdörren. Hon öppnade dörren och stod ansikte mot ansikte med sin granne. Mrs Engle var beväpnad med två grytor.

"Hallå där, Ribby", sa fru Engle och trängde sig in. "Din mamma sa att du hade plats i kylskåpet för det här." Mrs Engle ställde grytan på bordet, öppnade kylskåpet och lutade sig in för att spana på en fläck.

"Jag har varit bortrest hela helgen. Jag har inte ens haft en chans att titta i kylen."

"Det finns gott om plats. Jag behöver..." Fru Engle avslutade inte. Hon flyttade runt allt och ställde sedan in sina varor. "Jag kommer tillbaka och hämtar det om några dagar, Rib. Min farfars farbror Phil har dött. De kommer alla till mig. De äter mycket. Din mamma sa att allt jag kunde få plats med var okej för henne."

"Det var tråkigt att höra om din farbror. Naturligtvis är du alltid välkommen." Ribby började gå mot ytterdörren och hoppades att hennes granne skulle följa efter.

"Du är en älskling, Rib", fru Engle tvekade, stod helt stilla. "Underhåller du fortfarande de kära små på sjukhuset?"

"Det gör jag verkligen. Utan undantag varje måndag."

De gick mot ytterdörren.

"Åh, förresten, din mamma sa att hon skulle vara borta till tisdag eller onsdag. Hon och Tom, eller Jerry, jag är inte säker på vilken, åkte upp till kusten i några dagar. Han är astmatiker, vet du inte det? Hans läkare föreslog att han skulle komma bort från stan. Din mamma följde med som sällskap, och hon tog med sig Scamp."

Ribby korsade armarna. "Mamma på en längre semester. Jag önskar bara att jag hade vetat, för då hade jag kunnat stanna hos min vän Angela lite längre."

Mrs Engles ögonbryn gick upp. "Hon hade ju inte din väns telefonnummer."

"Tack för att du berättade det för mig." Ribby öppnade dörren och följde med fru Engle ut på verandan.

I mörkret surrade myggor och syrsor kvittrade. Hennes korslagda armar var inget skydd mot den svala nattluften.

"God natt, Ribby, och tack än en gång."

"God natt, fru Engle." Ribby stängde ytterdörren och låste den.

Hon är en galen gammal stövel.

Hon har varit vår granne sedan jag var en liten flicka.

Åh, vilka historier hon kunde berätta.

Hon skvallrar inte som de andra grannarna.

Livet i förorten.

Ja, det är tråkigt för det mesta.

Det är alldeles för tyst här och jag är törstig. Jag menar efter en drink. En riktig drink.

Mamma har nog lite Jack Daniels, men hon skulle sakna det om vi tog en droppe.

Kom igen, lev farligt.

Ribby gick med på det, hällde upp en jigger och kastade tillbaka den. Det brände på vägen ner. Det var en bra brännskada.

Mer, tack.

Vi måste byta ut den innan mamma märker det.

Tänk på det...vem betalade för den? Vi.

Ja, men hela flaskan. Min mage värker och mitt huvud snurrar.

Dags för sängdags. Sova bort det.

På väg upp för trappan hängde Ribby på räcket för att hålla sig stadigt. I sitt rum kastade hon av sig kläderna och lade sig i sängen. Hon satte sig upp och kom ihåg att hon inte hade låst dörren. Hon svajade över till den, låste den och föll sedan tillbaka i sängen.

Bättre säker än ledsen.

Snart sov Ribby djupt. Hon drömde att hon var Deborah Kerr som älskade med Burt Lancaster i Härifrån till evigheten.

Vågorna slog in över deras kroppar när de fördes ut till havet. De var inlåsta i varandra i en djup omfamning. Sedan tittade Lancaster upp på henne, men han var inte Burt Lancaster längre. Han var en främling. Hans öga hade en nyckel som stack ut ur det. Det var blod på hennes händer.

Ribby vaknade skrikande. Hon hoppade upp ur sängen och sprang till badrummet för att tvätta blodet från sina händer. När hon vred på kranen tittade hon på sina fingrar. Blodet var inte längre där. Angela drömde vidare.

Kapitel 13

*T*A LEDIGT EN DAG.

Ber du mig att sjukanmäla mig? Jag tänker inte sjukanmäla mig.

Skippa åtminstone sjukhusjobbet. Jag klarar inte av att gå dit idag.

Jag ska tänka på saken.

Allt eftersom dagen gick fick Ribby en obehaglig känsla.

För första gången någonsin ringde hon till sjukhuset och ställde in sitt framträdande. "Jag ska gottgöra det och göra två föreställningar en annan vecka", sa hon för att få sig själv att må bättre.

Tack, Rib.

Jag gör det inte för att du bad mig, jag ställde in för att jag behöver åka hem.

Varför det? Menar du till Martha? Hon är inte ens där.

Hon är inte ens där. Jag vet bara att jag måste åka.

Visst!

Efter jobbet tog hon bussen och var snart framme vid sitt hus. Där, på verandan, satt en kvinna. En främling. När hon närmade sig hörde hon snyftningar och kvinnan tittade upp. Det var hennes mammas syster, faster Tizzy, som hon inte hade sett på flera år. Ribby visste inte vad som hänt mellan dem, men hon visste att moster Tizzy svurit på att aldrig sätta sin fot på sin systers tröskel igen. Och ändå var hon där.

Vad gör hon här?

Ingen aning. Jag är säker på att hon berättar det i sinom tid.

Det blir intressant. Inte alls.

Ribby mindes deras senaste möte. Det var på hennes sjunde födelsedag. Moster Tizzy hade gjort en speciell Barbiedocka-tårta åt henne. Den hade en rosa klänning gjord av kristyr, med rosetter runt om gjorda av maraschino-körsbär och kokosnöt. Barbies kropp låg i mitten av tårtan. När alla hade fått sina bitar fick Ribby, som var födelsedagsbarnet, dra ut Barbie. Hon var hennes att behålla. Moster Tizzy hade köpt flera kläder till Barbie. Det enda var att moster Tizzy hade glömt att slå in Barbie innan hon lade henne i tårtan. I flera veckor föll glasyr, kokosnöt och tårta ut ur dockans bihang.

"Kom in, moster Tizzy", sa Ribby efter att ha tagit sig ur mosterns skruvstädliknande grepp. "Vad är det som har hänt? Är mamma okej?"

"Det här har inget med Martha att göra", sa hon följt av ännu ett gråtanfall.

Vi behöver inte det här. Säg åt henne att åka till ett hotell.

Jag kan inte göra det, hon är familj.

Hon är en Drama Queen.

Väl inne erbjöd Ribby Tizzy en kopp te. Hon tackade nej.

"Låt oss få dig att tänka på annat och titta på lite TV. Är du hungrig? Jag kan beställa in eller göra något?"

"Om du inte har något emot det skulle jag vilja laga middag åt dig", föreslog faster Tizzy. "Det får mig att tänka på annat, mer än att titta på TV." Hon gick in i köket. "Ett förkläde?"

Ribby öppnade lådan och tog fram ett av Marthas förkläden.

Tant Tizzy knöt fast det runt sig själv. "Vad tycker du om att äta?"

"Överraska mig," sa Ribby. "Om du inte hittar något, ropa bara."

"Det ska jag göra."

Även med TV:n på kunde Ribby höra sin moster röra sig i köket och humma.

En stund senare hörde hon hur tallrikar och bestick dukades fram på bordet och gick in för att fråga om hon kunde hjälpa till.

"Nej, sätt dig bara", sa moster Tizzy. "Spaghetti Bolognaise och vitlöksbröd med ost kommer strax. Vad vill du ha att dricka? Har du något vin?"

"Bara vatten. Jag ska kolla om det finns vin."

"Nej, det är bra. Jag behöver ingenting. Tänkte bara att du kanske ville ha lite."

De pratade och åt en härlig middag, sedan städade de.

"Jag är helt slut", sa moster Tizzy. "Soffan är bra. Jag vill inte vara till besvär."

"Inga problem alls, du kan sova i min mammas rum. "

"Är du säker på att hon inte har något emot det?"

"Nej, jag tror att hon blir glad att du tittade förbi."

Hon skulle bli förvånad över att se henne.

Några timmar senare låg Ribby och vred och vände på sig i sängen. Tvärs över korridoren hördes hennes mosters sporadiska snyftningar.

På inköpslistan står ett par brusreducerande hörlurar.

Bra idé!

Det är därför jag är här.

Kapitel 14

DRÖMMEN SVÄVADE RIBBY högt uppe på ett moln. Allt var svart och vitt utom hennes röda klänning. Den var som en brudklänning med ett långt släp som flöt över molnkanterna.

Hon svävade in i sin lägenhet och såg sig själv älska med någon, inte bara en utan två gånger. När hon somnat klädde mannen på sig och lämnade byggnaden.

Ute på gatan var hon nu Angela. Hon gick kvarter efter kvarter och sedan ner i havet. Djupare och djupare gick hon, medan vattnet steg upp över hennes huvud.

Ribby ville sträcka sig ner och ta tag i henne för att rädda henne, men hon kunde inte. Hon ropade på Angela från sitt moln, kastade ner släpet på sin klänning och bad Angela att ta tag i det. Men Angela verkade inte höra henne.

Angela var helt under ytan. Bara bubblor steg upp till ytan.

Ribby dök ner i vattnet från sitt moln.

När hon hittade Angela flöt hon med ansiktet nedåt.

Ribby blev Angela, Angela blev Ribby och tillsammans bröt de igenom ytan.

Kapitel 15

När Ribby vaknade viskade rösterna på radion uppför trappan. Hon undrade om hennes mor hade återvänt.

Hon klädde på sig och gick ner till moster Tizzy som satt som döden vid köksbordet.

Kaffebryggaren bubblade för fullt. Tant Tizzy hade redan dukat bordet med flingskålar, rostat bröd och sylt.

"God morgon", sa Ribby. "Har du sovit gott?"

Tant Tizzy nickade utan att säga ett ord.

Ribby skulle ha frågat henne om anledningen till hennes besök men bestämde sig för att inte göra det. Hon ville inte att mostern skulle börja klaga igen. Hon skulle berätta varför hon hade kommit när hon var redo.

Jag önskar att hon kunde fortsätta med det. Hon kom inte hela den här vägen för ingenting.

Shhhh. Var inte oförskämd.

Efter några ögonblick av tystnad gick Ribby ut på verandan för att hämta tidningen. Rubrikerna löd: "Obduktionen klar - mördad!" Hon skummade över artikeln om Jason Edward Thompson, identiteten på den man som hittats död i närheten av hennes lägenhet. Hon riktade in sig på bilden och kände igen honom: det var Ed the Bouncer. Han var en stor kille och hon undrade hur något sådant kunde hända i det kvarter där hon bodde. Det var sorgligt att han skulle dö så ung och även om hon inte kände honom tyckte hon synd om hans familj.

Ribby lade tidningen på köksbordet och hällde upp en kopp kaffe. Hon vände sig till sin moster. "När du är redo att prata finns jag här för dig."

"Jag hade ingen annanstans att ta vägen", sa faster Tizzy. "Min man lämnade mig för en annan kvinna. Min dotter hatar mig. Hon säger att hennes far inte skulle ha letat efter någon annan om jag hade varit en bättre hustru åt honom. Jenny är tjugofem, har aldrig varit hemifrån och hon är ensam där ute och kanske till och med bor på gatan. Jag var tvungen att komma och se om jag kunde hitta henne och få hem henne. Hennes vän sa att hon var ganska säker på att Jenny var på väg hit. Jag hoppades att hon skulle kontakta dig. Har du hört något från henne?"

Åh, jösses.

"Jag är ledsen, men jag var borta hela helgen och min mamma har också varit borta. Har hon vår adress?"

"Hon kan ha tagit den från min telefon. Hon har inte mycket pengar, inte ens ett kreditkort. Min man skyller på mig. Han är lika orolig som jag, men han har sin bit på sidan för att trösta honom." Hennes röst var skrovlig.

Låter som ett avsnitt av The Young and the Restless.
Uppför dig.

"Du måste vara så orolig. Jag är ledsen, men jag måste klä på mig och gå till jobbet. Om du vill kan vi träffas och äta lunch och prata mer?" Ribby skyndade sig uppför trappan medan hon fortsatte. "Jag arbetar på biblioteket. Hon kanske kommer förbi för att använda det gratis wi-fi. Det är många som gör det. Du kan också ge dig ut på stan och leta efter henne."

"Jag stannar hellre här, men hon har mitt mobilnummer."

"Har du kontaktat polisen?"

"Jag har ringt dem. De har mitt och Gordons nummer. Vad mer kan jag göra?"

"Har du något nyare foto på Jenny?" Hon drog klänningen över huvudet och tillade sedan: "Jag ska göra några flygblad, så kan vi sätta upp dem på stan."

"Bra tänkt. Jag är så glad att jag kom hit", sa moster Tizzy.

Ribby drog en borste genom håret. Hon skyndade sig tillbaka ner till köket. Moster Tizzy rotade i sin handväska, tog fram ett fotografi av sin dotter och gav det till henne. Hon bad sin moster att känna sig som hemma och gick ut, med en kort paus för att kasta en blick tillbaka på huset.

Hennes moster vinkade till henne som ett vilset barn bakom de öppna persiennerna.

Kapitel 16

R*IBBY GICK INTE TILL* jobbet eftersom Angela sjukanmälde sig.

Angela gick till lägenheten och bytte till baddräkt. Medan det direkta solljuset var på hennes balkong fångade hon några strålar. När solen försvann tog hon på sig en solklänning över baddräkten, packade en väska och begav sig till stranden. Angela gillade stadens liv och rörelse, sorlet och ljuden. Tant Tizzys ständiga klagande och gnällande höll på att göra henne galen.

När hon gick förbi skolområdet fick hon syn på en liten flicka som grät. Barnet tittade upp och sedan ner igen som om hon inte ville dra uppmärksamhet till sig själv.

"Vad är det för fel?" frågade Angela.

"Ingenting", svarade barnet.

Skolklockan ringde och den lilla flickan torkade bort sina tårar och rättade till sin klänning.

Angela tittade på och hoppades att hon hade hjälpt till på något sätt genom att stanna.

Barnet vände sig mot henne och stack ut tungan.

Fräcka lilla fröken.

Angela köpte ett exemplar av Borta med vinden för att läsa på stranden.

"Den får mig att gråta", sa damen bakom kassan.

"Rhett Butler kan äta kex i min säng när som helst", svarade Angela.

Sanden var brännande het när den pressades in i hennes sandaler. Hon älskade stranden men att få sand överallt - inte så mycket.

Hon bredde ut sin filt, lade sig på magen och öppnade sin bok. Hon tittade på paren som gick hand i hand och svimmade över varandra. Måsarna flög runt hennes huvud och tog sikte som om hennes blonda peruk var en måltavla.

Angela somnade och lyssnade på ljudet av måsarna och vågorna som slog mot stranden. När hon vaknade var klockan nästan 17.00 och hon samlade ihop sig och sina saker och lade dem i sin väska. Solen gav ingen värme. Hennes kjol snurrade runt benen i vinden.

Det var inte hennes vanliga kväll att uppträda på sjukhuset. Det här var ett sminkjobb.

Ribby gjorde ett flygblad och skrev ut några kopior med avsikten att sätta upp några längs vägen och på sjukhusets anslagstavla.

Varför måste vi fortsätta att uppträda för de där snorungarna?

#1. De är inte snorungar. De är små änglar som har fått en dålig hand. #2. Jag gör vad som helst för att få dem att le, att se dem skratta. För att minska bördan för deras familjer. #3. Om du inte gillar det, kan du klumpa ihop det.

Det var det jag sa.
Exakt.
För tillfället.

E FTER SJUKHUSVISTELSEN åkte Ribby hem. Framför hennes hus stod den vita Attics-R-Us skåpbilen. Hon tittade på fönstret, såg att persiennerna var öppna och sprang upp för trappan. Ett blodisande skrik hördes.

Ribbys hjärta slog så hårt att hon trodde att det skulle bryta sig ut ur hennes bröstkorg. Hon sprang längs korridoren, in i köket där hon hittade moster Tizzy på golvet, dunkande sina knytnävar mot Attics-R-Us-mannens skrymmande form.

Ribby tvekade inte när hon sträckte sig in i besticklådan och kom ut med en stor kniv. Hon gjorde ett utfall och högg kniven i ryggen på honom.

Han föll framåt och gav ifrån sig ett fruktansvärt gurglande ljud. Ribby drog ut kniven och blodet flödade.

Tant Tizzy, som var fast under den kraftige mannens mage, gav hans kropp en knuff.

Ribby hjälpte henne att resa sig och de två stod tillbaka när blodpölen växte.

Tant Tizzy skrek.

Ribby skrek.

Som två huvudlösa kycklingar sprang de runt i köket och grät och skrek.

STOPP.

Ribby lydde och stod stilla.

Tant Tizzy fortsatte att springa omkring.

STOPP. Du gör mig yr, tant Tizzy.

Hon stannade verkligen. Hon tittade på kroppen, på blodpölen. Hon lyfte på sin klänning. Mer blod. Hon försökte torka bort det.

"Jag måste..." Tant Tizzy gick till diskhon och kräktes i den.

Ribby lyssnade på ljuden från uppkastningarna och klockans tickande. Hon trummade med fingrarna på köksbordet.

Lugn. Jag är lugn nu.

Herregud, Ribby.

Jag var tvungen att rädda tant Tizzy. Jag var tvungen. Han kanske inte är död. Jag kanske ska ringa en ambulans?

Ingen ambulans. Kolla efter en puls.

Ribby tog upp sin handled.

Behöver du inte en klocka för det här?

Angela tog över.

Död som en dörrnagel.

Jag dödade någon, jag dödade någon!

Ja, det gjorde du. Du överraskade mig. Nu behöver vi en plan.

Jag måste prata med min faster först.

Nej, vi behöver en plan. Tant Tizzy kan vänta.

Moster Tizzy försökte sitta ner, men istället för att göra det skrek hon och sprang upp på övervåningen.

Vi måste vända på honom.

Kniven då?

Hämta gummihandskarna under diskhon. Hitta sedan något att lägga den i, som en tidning, filt eller handduk. Något som inte kommer att missas.

Ribby hittade handskarna och tog på sig dem. Hon tog en tidning ur återvinningsbehållaren som hon lindade in kniven i, plus en filt och en handduk från linneskåpet.

Nu, tillbaka vid kroppen, böjde hon sig ner och gav den en knuff. Den studsade tillbaka igen. Hon gjorde ett nytt försök, den här gången tryckte hon kroppen med rörelsen och höll den med benet. Hon kräktes men lyckades hålla maginnehållet nere. Hon vände på honom resten av vägen. Hans penis floppade och hans huvud slog i bordsbenet med en dov duns. Hon kastade filten över honom, övertygad om att han var död nu.

Från övervåningen ropade moster Tizzy: "Vem fan var den där S.O.B. egentligen?"

TANT TIZZY återvände till köket. "Vi borde ringa polisen", sa hon.

Absolut inte.

Hon har rätt, vi måste ringa polisen.

Vill du hamna i fängelse för att ha dödat den där våldtäktsmannen?

Jag ska förklara. Jag räddade moster Tizzy.

Men hur ska du förklara varför han var här från första början?

"Uh, faster Tizzy. Hur kom han in? Varför släppte du in honom?" frågade Ribby.

"Han knackade på dörren och kom in direkt, som om han var väntad. Jag tänkte att han var en vän till Martha så jag bjöd honom på en kopp kaffe. Så fort jag vände ryggen till knuffade han ner mig på golvet och...och..." hon lade händerna över ansiktet och snyftade.

Ribby tröstade henne med: "Det kommer att bli bra. Det lovar jag. Vi kommer att lösa det."

Vi måste göra oss av med kroppen.

Gör er av med den! Hur? Varför? Hur då?

För att du dödade honom och för att hans skåpbil fortfarande står parkerad framför huset.

Skåpbilen. Jag glömde skåpbilen.

Vi måste få ut honom härifrån.

Han är alldeles för tung att lyfta. Vi har en skottkärra.

Bra idé. Vi lägger honom i skottkärran.

"Tant Tizzy," Ribby klappade hennes hand. "Varför gör du inte en kopp te åt oss? Jag går ut en stund... du kan väl göra en kopp te åt oss?"

"Tänker du lämna mig ensam—med det?"

"Jag blir bara borta några minuter. Gör teet, så får du annat att tänka på. Han kan inte skada dig nu."

Väl ute låste Ribby upp skjulet och drog ut skottkärran. Hon knuffade den och hjulen skrek över gräsmattan. Hon försökte lyfta den uppför trappan, men även tom var det för svårt. Hon vände på sig själv och den. Hon gick baklänges och drog i den tills den stötte emot trappan upp till verandan. Utmattad öppnade hon ytterdörren och fortsatte att knuffa skottkärran längs korridoren och in i köket.

Be henne hjälpa dig. Jag menar att få in honom i det.

Det ska jag. Vi måste göra oss av med hans kropp innan solen går upp. "Och hur är det med hans skåpbil?"

"Vilken skåpbil?" Frågade moster Tizzy.

Hoppsan. Jag sa faktiskt det, eller hur?

Jippi.

"Han lämnade sin skåpbil utanför", sa Ribby. Hon stängde ytterdörren bakom sig.

"Vi gör oss av med kroppen och skåpbilen samtidigt", föreslog faster Tizzy.

Nu börjar hon komma i rätt stämning.

Åh, broder.

Precis när de gjorde sig redo att flytta kroppen till skottkärran avbröts de av en knackning på ytterdörren.

"Vem kan det vara?" Viskade moster Tizzy.

Ribby gick på tå till dörren och tittade in genom nyckelhålet. Det var fru Engle beväpnad med stora brickor med mat i varje hand. Hon måste ha knackat med armbågen. Ribby tittade ner på sig själv; hon hade blodfläckar över hela kläderna.

"Yoo-hoo, Ribby. Det är jag, Mrs Engle. Jag har bara ett par saker till som ska in i ditt kylskåp. Jag hoppas att du inte har något emot det."

Ribby tog sin jacka från kroken och slängde på sig den, sedan öppnade hon dörren. Hon erbjöd sig att placera brickorna i kylskåpet. Hon försökte stänga ytterdörren med foten.

"Tack så mycket, kära du", sa fru Engel. "Åh, och förresten, jag ska resa bort i några dagar och sedan tillbaka till begravningen. Jag släpper in mig själv med reservnyckeln om du inte är här." Hon lutade sig fram innan hon viskade. "Alla kommer hit efter begravningen för att äta. Jag har aldrig förstått varför begravningar gör släktingar så hungriga. Jag antar att det är en naturlig reaktion när man ställs inför en älskad människas dödlighet. Det har alltid motsatt effekt på mig."

"Jag hoppas att allt, eh, går bra för dig och din familj", sa Ribby och försökte stänga dörren igen.

"Tack, kära du." Fru Engel gick nerför trappan och ut på gräsmattan.

Ribby drog en lättnadens suck, men fortsatte att titta,

Fru Engel vände sig om, "Förresten, har du hört något från Martha?"

"Nej, nej, det har vi inte", medgav Ribby.

"Åh, jag trodde..." sa fru Engel och tittade på den vita skåpbilen.

"Det är bäst att jag ställer in de här i kylen åt er, fru Engel", sa Ribby. "De luktar så gott och jag är så hungrig att jag skulle kunna äta dem själv just nu!"

"Du är välkommen's att äta rester hos mig efter träffen. Det vore synd om maten tog slut." Hon vände sig om och gick hemåt.

"Puh!" sa Ribby. Hon sparkade igen ytterdörren och gick in i köket. Tant Tizzy satt hopkrupen i hörnet och vred sina händer som Lady Macbeth.

Ribby ställde undan grytorna, slet av sig rocken och slängde den i hallen, sedan tog hon hand om sin moster.

"Vad ska vi göra, Ribby?" sa moster Tizzy. "Vi måste få ut honom härifrån. Vad skall vi göra? Vad ska vi göra? Vad ska vi göra? Vad?"

Ribby gav Tizzy en örfil. Efter den första chocken kom de samman i en kram.

"Jag har en plan, faster Tizzy. Oroa dig inte. Men först måste jag hämta några saker från skjulet utanför. Jag är strax tillbaka, jag lovar."

När fru Engle och hennes syster var utom synhåll gick Ribby ut och lämnade moster Tizzy hopsjunken på soffan.

Tant Tizzy kollade efter uppdateringar på sin telefon. Den pingade med ett SMS från hennes man. Jenny var med honom. Hon var trygg och mådde bra.

Tizzy slöt ögonen och lät lättnaden över att hennes dotter var i säkerhet skölja över henne. Det hade varit en riktig dag.

De överväldigande känslorna från de senaste dagarna svällde upp inom henne som en jättevåg. Varje känsla steg upp till ytan. Smärtan, lättnaden, skadan, ångern.

Tizzy försökte stå upp, men hennes knän vek sig under henne. Hon darrade och skakade medan hon försökte både gömma sig från sanningen och komma till rätta med den.

Kapitel 17

R IBBY *ÅTERVÄNDE TILL KÖKET. Hon hade med sig några verktyg: en spade, en yxa, en presenning, ett par overaller, trädgårdshandskar och en sax. Hon bedömde situationen.*

Vad tusan är allt det där till för?

Jag tog bara med mig saker som jag trodde skulle kunna hjälpa.

Det gjorde du verkligen.

Ribby satte händerna på höfterna. "Nu ska vi få in honom i skottkärran."

"Är du säker på att han får plats?" frågade faster Tizzy.

Ja, han kommer att passa.

Det måste han, vi har ingen plan B.

"Vi använder filten och drar honom på den", föreslog Ribby. "Vi behöver inte lyfta honom i sig. Vi rullar honom på filten och kan justera efter behov. Allt vi behöver göra är att få upp honom i skottkärran och sedan är det enkelt."

"Ribby, du skrämmer mig! Det är som om du har gjort det här förut", sa faster Tizzy. "Uh, det har du inte, eller hur?"

"Gud nej, faster Tizzy, men jag har läst böcker och jag har sett filmer. Nu sätter vi igång. Ta tag i den andra änden av filten och när jag räknat till tre flyttar vi båda på honom. Okej?"

När de hade fått lite fart var det lätt att rulla honom på filten. Nu kom den svåra biten.

"Och igen. Efter tre."

"Okej Rib, vad du än säger."

"1, 2, 3—heave ho!" sa Ribby. Den döde mannens huvud gav ifrån sig ett ihåligt klonkande ljud när det träffade metallbehållaren.

"En gång till!" Ribby kommenderade, "1, 2, 3—yes!" sa Ribby när de lade kroppen tre fjärdedelar upp på skottkärran.

"Nu ställer jag den upprätt", sa Ribby, "och du stoppar in benen och ... hans bitar."

"Det finns inte en chans att jag stoppar in DET någonstans!" sa moster Tizzy. "Den kan dingla hela vägen till Kingdom's come!"

Ribby skrattade trots att hon inte kunde hålla sig, och snart fick moster Tizzy också skrattanfall.

De två kvinnorna var hysteriska.

Amatörer.

Angela plockade upp den inplastade kniven och tog med den upp på övervåningen. Hon torkade bort blodet och fingeravtrycken innan hon slog in den igen. Hon gömde kniven längst bak i Marthas strumplåda.

Angela återvände till nedervåningen där hon torkade upp den blodiga röran i köket.

När hon var klar var både Ribby och Tiz tillräckligt lugna.

Sätt igång, Rib.

"Kom igen, faster Tiz. Nu gör vi det här."

"Jag är med dig."

Halleluja! Vi har lyft.

✳✳✳

O KEJ, NU MÅSTE VI hitta hans bilnycklar. Stoppa handen i hans fickor, Tizzy."

"Det tänker jag inte göra!"

"Ur vägen," sa Angela. Hon hittade nycklarna i hans jackficka.

"Nu rullar vi honom tillbaka till skåpbilen och sedan..."

"Du menar ta ut honom, i den här?" Tant Tizzy frågade.

"Japp. Vi har inget val, Tiz. Vi måste göra det här medan det är mörkt ute. Vi måste få in honom i hans skåpbil."

"Hur ska vi lyfta in honom i den, Rib? Det är omöjligt."

"Vi måste. Vi har inget val," sa Ribby.

Ribby kastade presenningen över kroppen.

Jag sa ju att den skulle komma till nytta.

Smarta byxor.

Ribby och tant Tizzy var tvungna att hjälpas åt för att få den döda kroppen till skåpbilen. Ribby låste upp förardörren och öppnade bakluckan på skåpbilen. Hon tryckte på en blå knapp precis innanför lastutrymmet och den hydrauliska lyften stönade nedåt. Tillsammans lyckades de två kvinnorna navigera skottkärran till lyften och snart låg kroppen i skåpbilens baksäte.

Ribby gick tillbaka in och bytte om från sina blodiga kläder och gömde dem längst bak i garderoben i en plastpåse.

Kniven då?

Det är lugnt, jag klarade det.

Väl ute igen sa Ribby: "Du måste köra, moster Tizzy, för jag vet inte hur man gör."

"Men jag är för rädd för att köra i en så stor stad! Jag kan inte köra! Jag vill inte!"

"Vi har inte tid med det här skitsnacket", inflikade Angela. "Du är rädd för att köra bil när vi har en stor fet död kille här att göra oss av med! För att inte tala om nyfikna grannar! Vi måste göra oss av med hans skåpbil och hans kropp medan det är mörkt."

"Om du inte vill att jag ska ringa polisen och berätta att vi mördade honom, faster Tizzy?"

Tant Tizzy tappade hakan.

Tekniskt sett Rib, så mördade du honom. Jag säger bara det.

Jag vet, jag vet.

Tant Tizzy stäng den, annars kommer en mal att flyga in.

"Vi kör upp till The Bluffs där vi kan göra oss av med kroppen och skåpbilen, faster Tizzy, men du måste skärpa dig. Du måste få oss dit! Vad säger du?"

Tant Tizzy nickade.

"Okej då, nu kör vi!" Ribby lade den döde mannens nycklar i mosterns darrande hand.

Kapitel 18

T ROTS ALLT VAR FASTER Tizzy en bra förare, om än en nervös sådan.

På vägen stannade de vid en bensinstation, inte långt från The Bluffs, där Ribby beställde en taxi som skulle hämta dem om en timme.

När de körde in i det avskilda området sa Ribby: "Sätt på helljuset, moster Tizzy." De gick försiktigt framåt, medan månen vid horisonten lockade dem närmare.

"Stopp!" sa Ribby. När fordonet tvärstannade klev hon och moster Tizzy ur.

"Woo-ee!" utbrast moster Tizzy. "Det är verkligen en lång väg ner!"

"Kom inte för nära", sa Ribby, "sluttningen håller på att rasa."

De tog ett par steg tillbaka precis när molnen skingrades och stjärnljuset blinkade. De stod tillsammans, skakande, sida vid sida med vinden piskande omkring sig. Tant Tizzy kramade om sig själv.

"Det är verkligen vackert", sa moster Tizzy.

"Jag måste ta med dig upp hit på dagen, så att du kan se hela vidden av dess skönhet."

"Det skulle jag gärna vilja, Ribby. Förresten, jag glömde att berätta för dig att Jenny är hos sin far. Hon sms:ade mig för en liten stund sedan."

"Det är utmärkta nyheter."

OMG! Vad är det här, The Young and the Restless? Fortsätt med det Rib!

Okej, okej. "Tant Tizzy, allt du behöver göra är att lägga i växeln, och när bilen kör framåt hoppar du ut. Den åker över klippan och snappers kommer att äta honom till frukost. Hej då, din feta jävel. Bye bye, feta jävelns skåpbil. Bye bye problem. Slut på historien! Sen kan vi gå tillbaka till våra liv. Det blir vår lilla hemlighet."

"Gud kommer att veta", sa moster Tizzy.

Och jag.

"Gud kommer att förstå eftersom det var självförsvar. Han våldtog dig, faster Tizzy!"

Hon börjar få kalla fötter Ribby. Gör det nu.

"Gud vet alltid", sa moster Tizzy när hon vände sig om och gick därifrån. Hon tittade sig över axeln, öppnade sedan dörren till skåpbilen och klättrade in. Hon drog igen dörren och motorn startade. Hon varvade den en, två, tre gånger. Sedan körde hon mot klippkanten.

"Hoppa, faster Tizzy!"

Det var för sent. Skåpbilen fortsatte att köra. Över.

Ribby sprang mot kanten och kom precis i tid för att se skåpbilen träffa vattnet.

Hon försökte skrika men ingenting kom ut.

Ingenting. Tills kräkningarna började. Hon föll ner på knä.

Dumma kvinna.

Hon behövde inte göra det. Hon behövde inte dö.

Det var hennes beslut. Hennes val.

Jag minns Barbiedockstårtan hon bakade till min födelsedag.

Ingen kan ta bort det minnet. Nu sticker vi härifrån.

Det hade inte gått enligt planerna. Men det gör aldrig något - inte ens på film. Man tror att Cary Grant ska stanna för flickans skull, men det gör han inte. Du tror att Humphrey Bogart ska hindra Ingrid Bergman från att gå ombord på planet, men det gör han inte. Även när du vill att det ska vara så, händer det inte som du vill att det ska vara.

Kapitel 19

R IBBY HÄNGDE AV SIG rocken i entrén och ropade: "Jag är hemma, mamma." Hon gick in i köket där Martha satt böjd över bordet med mordvapnet i handen.

"Har du dödat grisar, Rib?" frågade hon och höll upp kniven. Martha ställde sig upp.

"Jag dödade den fete jäveln", sa Angela. "Jag högg honom, död."

Martha öppnade munnen, men inga ord eller ljud kom ut, så Angela fortsatte. "Han var ett vidrigt djur, bara en gris, med kuken hängande utanför byxorna."

"Jag var tvungen att säga Ma", inflikade Ribby. "Han våldtog moster Tizzy!"

Hon lär sig aldrig. Jag hanterade det här.

Martha placerade sin vänstra hand på höften. Den högra handen som höll i kniven höll hon på armlängds avstånd. "Vad i hela friden pratar du om? Feta jävel? Tant Tizzy?"

"Killen i den vita Attics-R-Us skåpbilen. Det är han som är den fete jäveln", sa Angela. "Och vad gäller din syster, Tizzy, så var hon lika försvarslös som en kattunge när han våldtog henne."

"Jag räddade henne från honom", sa Ribby.

Martha vände sig om, som om hon skulle lägga ner kniven. Sedan ändrade hon sig tydligen och tog ett steg tillbaka. "Och var är de nu? Om du dödade honom, var är hans kropp?"

Ribby stirrade på kniven. "Vi packade in honom i hans skåpbil och körde honom över en klippa."

"Det var en perfekt plan", sa Angela. "Tills din galna syster vägrade kliva ur bilen och också åkte över kanten." Angela gick runt Martha och satte sig i en stol med en ilsken suck.

Ribby började tala men ändrade sig när vattenkokaren visslade. Martha lade ner kniven på köksbordet. Hon hämtade mjölk från kylskåpet och två muggar från skåpet. Skedarna låg redan på bordet, uppradade som leksakssoldater. Medan hon hällde upp sa hon: "Låt mig se om jag fattar det här rätt, Rib. Min syster kom hit. Carl Wheeler trodde att jag var öppen för affärer och försökte sig på det med Tiz. Du knivhögg honom och gjorde dig sedan av med honom. Förväntar du dig att jag ska tro på det? Han var en exceptionellt stor man."

"Det kan du ge dig fan på att han var", sa Angela. "Ribbor - jag menar vi - satte honom i skottkärran. Det var så vi fick ut honom."

"Åh, jag förstår", sa Martha. "Och sedan planerade du att göra dig av med kroppen, men Tiz kastade en skiftnyckel i planen när hon också gick över? Och vad gjorde Tiz här förresten? Jag har inte hört ett ord från henne på flera år."

"Hennes man lämnade henne för en annan kvinna, yngre," sa Angela. "Sedan rymde hennes dotter. Hon var en enda röra."

Martha satt och tog några klunkar av sitt te. "Vi måste göra något åt den här kniven. Den kan inte stanna här i mitt hus." Martha tog upp kniven och tittade på Ribby som drack te med sin högra hand. Hennes vänstra hand låg med handflatan nedåt på bordet. Martha höjde kniven och sänkte den så att Ribbys hand skars av från sin vän, handleden.

Tekoppen slog i bordet och studsade. Ribby skrek. Martha tog tag i hennes högra hand och tryckte ner den med handflatan mot bordet. "Berätta vad som pågår här och vem fan du är", krävde hon. "För jag vet att du inte är min dotter." Martha lyfte kniven uppåt så att spetsen nästan träffade Ribbys näsa. "Försvinn från min dotter, vad du än är. Annars sliter jag henne i stycken lem för lem."

"Mamma gör det inte. Snälla, gör det inte. Gör det inte!"

"Jag är Ribby. Bara Ribby", ropade Angela med Ribbys mesigaste röst.

För en sekund trodde hon att Martha trodde på henne. Ännu ett CHOP, den andra handen slets av och Ribby förvandlades till en tvådelad fontän.

"Dö. Vi ska alla dö", sjöng Angela medan Ribby grät och skrek i plågor. Angela kunde inte känna någon smärta och inte heller någon verklig njutning. Allt hon gjorde, allt hon försökte göra - det var alltid Ribby som fick skörda frukterna. Men inte den här gången. "Stackars Ribby", sa Angela. "Hur ska hon kunna ta hand om de sjuka barnen på sjukhuset nu?"

Ribby vaknade i sin lägenhet med ett skrik. Hon kontrollerade sin högra hand. Sedan den vänstra. Båda var fortfarande kvar. Hon var för rädd för att gå upp ur sängen, så hon höll sig själv i handen och tittade på solljuset som ritade mönster i taket.

När hon var helt vaken duschade och klädde Ribby på sig. Hon bestämde sig för att ta en promenad och rensa huvudet Hon var tacksam för att det var söndag. Hon orkade inte med jobbet eller barnen idag.

När hon väl var ute förpassade hon mardrömmen till bakhuvudet. Hon undvek stranden och ljudet av vågorna eftersom det väckte minnen av moster Tizzy.

Innan hon gick tillbaka stannade hon till vid ett café och beställde en Cappuccino. Den smakade så gott att hon genast ville ha en till. Medan hon väntade på att få beställa igen gick Nigel förbi. Hon hade inte sett honom på flera veckor. Hon var inte ens säker på att han skulle komma ihåg henne.

"Yo! Nigel", ropade Angela och knackade på fönstret.

Han log och gick in på kaféet. Han kysste Ribby på kinden. Hon tyckte att det här var alltför familjärt.

"Hur fan har du haft det?" frågade Nigel.

"Mycket att göra på jobbet", sa Angela. "Och i behov av lite R & R. Vill du göra något ikväll?"

Nigel tittade på sina fötter. "Jag har en flickvän nu, så om jag går ut så följer hon med."

"Stackars Nigel", retades Angela, "inte ens gift och redan piskad!"

Nigel kastade huvudet bakåt och skrattade. Han tog tag i Angelas hand och klappade den på ett broderligt sätt.

"Så, vad heter hon då?" frågade Angela. "Eller är det en hemlighet?"

"Nej, herregud nej", sa Nigel och flyttade sig bakåt så att en person som hade ställt sig i kön kunde komma in och beställa. "Hon heter Anne-Marie."

Angela ändrade sig angående beställningen och började gå mot dörren. "Du måste presentera oss en dag."

Nigel gick vidare i kön.

Angela surade hela vägen hem.

Kapitel 20

På KVÄLLEN EFTER SJUKHUSBESÖKET tog Ribby bussen hem. Det var nästan mörkt när hon kom fram. Ytterdörren stod på vid gavel. Musik som var tillräckligt hög för att konkurrera med gatutrafiken hördes inifrån. Försiktigt tog hon sig upp för trappan när Scamps tassar trampade mot henne. Han hoppade upp och knuffade omkull henne. Martha kom och skrattade när hunden slickade Ribby i ansiktet.

"Försvinn nu, Scamp", sa Martha när hon knuffade bort hans bakdel med foten. Hon sträckte ut handen för att hjälpa Ribby. Väl på fötterna borstade Ribby av sig.

"Du är nästan skinn och ben", sa Martha. "Har du inte ätit?"

Ribby tog tag i sin mamma och slängde armarna runt hennes hals. Martha kramade tillbaka och släppte sedan taget och frågade: "Cuppa?"

"Du ser fantastisk ut, mamma!" sa Ribby när de promenerade till köket tillsammans. "Du har en fantastisk solbränna."

Martha skrattade. "Vi hade en underbar tid. Jag skulle bo där uppe på en minut om jag hade pengar. Tom var en underbar värd." Hon gick runt i köket, satte på vattenkokaren och förberedde muggarna. "Vad har du haft för dig? Och vems är sakerna i mitt rum?"

"Tant Tizzys."

Martha tappade nästan en mugg. "Är min syster här? Slummar in, antar jag. Var är hon då? Ute och shoppar?"

"Nej, inte direkt", sa Ribby. "Hon kom hit för att leta efter Jenny." Ribby hade en märklig känsla av déjà vu. Hon rös till och stoppade båda händerna i fickorna.

"Ja, det var ju lustigt att hon kom hela den här vägen. Vi har en hel del att ta igen."

"Jag vet inte om hon kommer tillbaka", stammade Ribby. "Jag tror att hon kanske var tvungen att åka hem. Jag menar plötsligt."

Martha rörde i lite socker. "Utan sitt bagage?" Hon tog en klunk. "Har du sett henne idag?"

"Nej, jag var hos min vän Angela." Hon drack inte teet eller försökte ens göra det. Hennes händer var fortfarande stadigt planterade i fickorna.

Martha drack upp sin kopp te. Hon sköt tillbaka stolen och gäspade med munnen så vid att en buss kunde ha åkt igenom den. "Jag går och lägger mig nu."

"God natt då, mamma", sa Ribby. Hon ställde undan sin mugg och gick runt i köket tills hon hörde Martha ropa från trappan.

"Uh, förresten Rib, jag hittade det här," hon höll upp en kniv. "Den låg inslagen i min strumplåda."

"Moster Tizzy kanske mördade någon med den", sa Angela när hon gick uppför trappan.

Martha gav henne kniven och skrattade högt. "Du har verkligen fantasi. Vi ska tvätta den ordentligt imorgon bitti. God natt, god natt."

Angela tog emot kniven från Martha i en ny handduk.

Varför använde du en ny handduk?

Det är för mig att veta, och för dig att ta reda på.

Ribby gömde kniven längst in i garderoben bland sina blodiga kläder.

Okej, gå och lägg dig då.

Sluta prata med mig så gör jag det.

God natt, Ribby.

God natt, Angela.

Kapitel 21

RIBBY FÖLL I DJUP sömn. Hon drömde att hon var högt uppe bland molnen där hon satt och tittade på andra moln som passerade förbi henne. Ibland hade molnen människor som red på dem. Hon kände igen någon då och då. En berömd person som verkade se sig omkring för att se om någon kände igen dem.

Att se Cary Grant le och vinka till henne när hans moln surfade förbi var mycket märkligt.

Ribby ropade: "Mr Grant, oh Mr Grant, du är min absoluta favoritskådespelare!"

"Du är väldigt gullig", sa Cary medan hans moln fortsatte framåt.

Ribbys ögon följde honom tills hon inte längre kunde se honom eftersom de flesta molnen hade rullat iväg. Försvunnit.

Med undantag för ett stort svart moln som stormade mot henne

Hon visste inte vad hon skulle göra, hur hon skulle ta sig vidare. Hon flaxade med armarna, men det fungerade inte. Hon tog ett stort andetag och andades ut mot molnet, men det fungerade inte heller. Hon hade inte känslan av att vara på ett moln den här gången. Tidigare hade det rört sig när hon ville det, men den här gången ville det inte röra sig.

Det stora svarta molnet svävade närmare. Ribby satte sig och kramade sedan sina knän. Det skulle bli regn, och det var därför de andra molnryttarna hade gått för att söka skydd. Hon kände sig väldigt ensam. Om hon bara hade hoppat upp på Cary Grants moln, så hade hon åtminstone inte varit helt ensam.

BOOM! Hon föll sidledes i armarna på det fluffiga molnet. Åskan ekade genom den tomma himlen.

KRACK.

Blixten slog ner från det invaderande svarta molnet och in i Ribbys moln. Hon skrek. Det var mycket nära. Håret på hennes armar stod högt av statisk elektricitet. Hennes hud hettade till, hetare och hetare.

"Sluta!"

"DET SKA JAG INTE!" skrek en arg kvinnoröst.

Blixten slog ner i Ribbys moln igen, den här gången delades det på mitten. Hon rullade åt sidan och intog fosterställning. När hon tittade upp såg hon en kvinna som var väldigt lik moster Tizzy. Hon bar lösa, svarta kläder, inte precis en klänning eller en kappa, som piskade upp och runt omkring henne.

"Du har gjort mig illa, och det ska du få betala för. Du kan inte gömma dig för evigt. Ta dina chanser nu—och JUMP!"

"Men, faster Tizzy", stönade Ribby, "jag räddade ditt liv!"

"Du tog mitt liv och skickade mig till helvetet! Din dumma, dumma flicka! Ge nu upp ditt och hoppa!"

"Men jag, jag vill inte dö."

"Inte jag heller! Nu är jag utfryst från himlen. Från Gud. Dömd att sväva omkring här i all evighet."

Ännu en blixt slog sönder Ribbys moln i fyra delar.

Molnet skingrades till en dimma och sedan ingenting alls. Ribby höll för näsan, som om hon hoppade i en flod istället för att falla mot sin död. Hon ropade "Shiiiiiiiiittt!" som Redford och Newman gjorde i Butch Cassidy and The Sundance Kid när de hoppade från klippan.

Ribby föll ur sängen och landade med en duns på golvet när hon kastade sig ut i ingenting.

Kapitel 22

M ARTHA VAR PÅ NEDERVÅNINGEN och slog på kastruller och stekpannor. Ribby tjuvlyssnade och hörde två röster. Hennes mamma hade besök.

Det var fredag morgon och Ribby hade bett om att få börja sent på jobbet. Hon ville höra om sin mammas resa innan hon åkte till sitt eget ställe över helgen.

"God morgon, mamma", sa Ribby och svängde runt hörnet. Hon fick syn på John MacGraw som läste tidningen.

Martha stod bakom honom och läste över hans axel.

"God morgon, John", sa Ribby när hon hällde upp en kopp kaffe och ställde sig bredvid kylskåpet.

"Kan inte hitta den någonstans. Tog du den, Ribby? Min flaska Jack Daniels? Den var här och den var full."

"Tant Tizzy drack den", sa Angela. "Hon var i ett tillstånd och svalde det för att lugna nerverna. Jag är säker på att hon menade att ersätta den. Jag ska ge dig en ny senare."

"Behövde det för att göra våra ägg, Rib."

"Ja, inget går upp mot att hälla lite Jack Daniels i äggen. Perfekt botemedel mot baksmälla", sa John.

"Ja, vi får klara oss utan den här morgonen", sa Martha.

"Då blir det inga ägg för mig, älskling", sa John. "Bara en kopp kaffe till."

Martha tog fram kannan till bordet. "Sitt ner, dotter. Jag—vi—har något viktigt att prata med dig om."

Jösses, vad handlar det här om?

Ribby studerade Martha och John när de utbytte blickar. Hon satte sig mitt emot sin mamma och väntade på att de skulle förklara.

Åh, de ska INTE gifta sig. Eller hur? Gros.

"Du har en speciell besökare som anländer i morgon kväll för att träffa dig. Hans namn är Edward Anglophone", sa Martha.

"Har jag? Men...vem är han?"

"Låt mig förklara färdigt. Jag vet att du snart måste iväg till jobbet. Det här borde inte ta lång tid."

Ribby nickade och Martha fortsatte.

"När vi var vid vattnet bodde vi på ett underbart litet B&B och träffade Edward. Hans vänner kallar honom Teddy. Han äger sitt eget bibliotek där ute. Vi träffade honom och kom bra överens. Han bjöd oss på drinkar. Han nämnde sitt bibliotek och sitt behov av en ny huvudbibliotekarie."

"Han kände till dig Ribby", medgav John.

"Om mig?"

"Han känner folk på bibliotek över hela världen", tillade Martha. "Och bibliotekarier."

"Han håller fingret på pulsen, eftersom han själv är ute efter att anställa en ny", sa John.

"Ja", tillade Martha. "Hans bibliotek stängde. Det är därför han vill träffa dig."

"För att ta över hans bibliotek?"

"Potentiellt", sa John.

"Chefsbibliotekarie? Jag?" utbrast Ribby. "Jag är inte kvalificerad att vara chefsbibliotekarie. Du behöver en examen för det!"

Vi skulle absolut kunna vara chefsbibliotekarie.

"Tja, allt jag vet Rib, är att om någon äger sitt eget bibliotek, kan de anställa vem de vill som chefsbibliotekarie. Det är litet Rib, inte som Toronto Library— men det är en möjlighet för livet. Så han kommer hit kl. 8. Du måste köpa något nytt att ha på dig. Gör dig fin så att du gör ett gott intryck." Martha smuttade på sitt kaffe. "För att inte tala om att han är helt full."

Nu lurar hon oss, ut?

Säkert inte.

Låter som det för mig.

"Ja, han har massor av pengar. Och ingen familj. Inga släktingar heller", sa John.

"Jag vill inte träffa honom. Mitt jobb är bra. Dessutom vill jag inte flytta långt bort. Jag trivs här."

Vi vill inte bli pimpade! Du, din dumma gamla fladdermus!

"Ledsen mamma, men den här möjligheten är inget för mig."

"Dotter, du ska träffa honom och så är det med det!"

"Träffa honom bara", sa John. "Vad har du att förlora?"

Ribby sköt tillbaka stolen. Angela vände sig mot trappan.

"När helvetet fryser till is", sa Angela.

Marthas stol skrapade mot golvet.

Ribby sprang upp för trappan och låste dörren.

Angela öppnade Ribbys garderob och tog den inslagna kniven. Hon väntade.

Om den slynan försöker ta sig in i det här rummet kommer hon att få ångra det.

Fotsteg. Stomp Stomp. Stomp Stomp. Två uppsättningar. Springer. Skrattar.

Ribby höll andan.

Några minuter senare stod det helt klart vad de höll på med. Martha ropade "Ja!" när sänggaveln dunkade mot väggen.

Helt vidrigt.

Nu sticker vi härifrån!

Kapitel 23

D ET RÅDDE KAOS I biblioteket när Ribby anlände.

Mrs P. Wilkinson, chefsbibliotekarie, hade planerat en boksignering i flera månader. Det var hennes baby, eftersom hon var personlig vän med den bästsäljande barnboksförfattaren P.K. Schmidlap.

När Ribby gick mot ingången ropade två barn: "Hallå, vart tror du att du är på väg, damen? Vi har varit här i timmar. Du får inte tränga dig på!"

"Jag jobbar här", sa hon och visade sin bibliotekariebricka.

Väl inne gick hon för att hitta mrs Wilkinson.

"Det är kaos där ute", utbrast Ribby. "Var är fru Wilkinson?"

"Hennes man ringde. Hon är på sjukhuset med en brusten blindtarm. Vi vet inte hennes lösenord, så vi kan inte få schemat från hennes dator. Vi förväntade oss några hundra barn - inte tusentals!" Monica sa med darrande röst: "Jag vet inte vad jag ska göra. P.K. är bara här i sextio minuter till eftersom han har andra åtaganden." Hon bröt ut i tårar.

"Åh nej, du skulle ha ringt mig. Oroa dig inte, jag ska prata med P.K. och se om vi kan reda ut något."

"Du kommer inte förbi hans minder, eller snarare hans fru", sa Monica. "Där borta - lång, blond och full av självgodhet."

Fru Schmidlap bar en dyr designerkostym och sex tums klackar. Hon tittade på klockan flera gånger när Ribby kom emot henne.

"Ursäkta mig, fru Schmidlap?"

"Yeeeeeeeees."

"Kan jag få tala med dig? Vi har ett problem."

"VI har inte problemet! DU har problemet!" Fru Schmidlap skrek, vilket fick hennes man att tappa sin penna och barnen att hoppa.

Spänningen byggdes upp runt Ribby.

"Eet är okej mina älsklingar", sa fru Schmidlap, tog tag i Ribbys vänstra arm och drog henne åt sidan. "Ni är inte organiserade. Min man, han skriver på för en timme till och sedan, zip, ve är borta. Barnen får inte bli besvikna, men han kan inte stanna. Han har andra åtaganden. Ve har andra åtaganden", viskade hon med ilsken röst.

Ribby var tvungen att hitta en lösning. Det fanns minst 1.000 barn ute och ytterligare 50-100 inne. Hon måste övertala P.K. att signera böckerna för de barn som hade väntat längst. Han kunde göra det om han satte fart.

"Hur blir det med kompromissen?" frågade fru Schmidlap.

"Ja, bra idé."

"Vi måste gå klockan 12, på pricken, inga om och men. Vi, P.K., kan inte skriva på för alla, inte idag. Tänk om zeeze barn köper ett exemplar av boken idag, eller beställer den idag? P.K. skriver under alla beställningar och de kommer att levereras hit i slutet av veckan, skulle det fungera?"

"Allt vi kan göra är att försöka. Tack för förslaget. Jag skall se vad jag kan göra."

Ribby gick ut igen. Hon drog igen dörren bakom sig.

"Hej, vad gör du, damen? Vi har inte sett P.K. än! P.K.! P.K.! P.K.!" ropade de och trängde sig fram.

"Sluta prata allihop! Var tysta så ska jag förklara!"

Barnen tystnade.

"Okej, det var bättre!" sa Ribby. Hon såg att polisen hade anlänt som en försiktighetsåtgärd. "P.K. måste gå härifrån exakt klockan tolv för att fullfölja ett tidigare åtagande."

Publiken buade och hånskrattade. Polisen gick in.

"P.K. kommer att signera alla era böcker. Vi har era order här. Om det finns några ändringar i vår information, vänligen meddela oss skriftligen före kl. 17.00 idag. Ni kan hämta dem här nästa vecka", föreslog Ribby.

"Om en vecka!? Då har alla redan läst klart sina exemplar. De kommer att berätta slutet för oss. De kommer att förstöra det för oss."

"Du kan ta din bok idag och läsa den osignerad eller lämna den här så att P.K. kan signera den, det är upp till dig."

Det blev lite mummel och Ribby visste att det kunde gå hur som helst.

Mrs Schmidlap kom ut för att hjälpa till och viskade ett förslag i hennes öra.

Ribby förmedlade hennes budskap till barnen. "Om du lämnar din bok idag för att bli signerad får du en gratis exklusiv gåva från P.K.— ett bokmärke i begränsad upplaga—!"

Barnen jublade. Ribby och fru Schmidlap omfamnade varandra. Poliserna lyfte på hatten. Klockan tolv på pricken åkte P.K. iväg i en limousine.

När allt var över slappnade Ribby av i axlarna och spänningen försvann. Resten av dagen var tack och lov händelselös.

På vägen till sin lägenhet tänkte Ribby på den svårfångade Mr Anglophone.

Kanske skulle jag bara träffa honom?

Att vara huvudbibliotekarie skulle vara coolt och efter idag förtjänar du det.

Ja, att ta ansvar idag fick mig att känna att jag kunde göra det. Jag menar, bli huvudbibliotekarie och när kommer jag någonsin att få en ny chans?

Han måste vara rik som har ett eget bibliotek.

Ja, men varför jag? Han kan fråga vem som helst.

Trodde aldrig jag skulle säga detta, men Martha måste vara ansvarig för hans intresse.

För att inte tala om att överväga mig för rollen.

Så, överenskommet. Vi ska träffa honom.

Ja, överenskommet.

Kapitel 24

K LOCKAN VAR 20.34 FÖLJANDE kväll när Ribby kom hem. Hon hade på sig sin svarta klänning och skor med höga klackar.

En limousine stod parkerad vid trottoarkanten.

Föraren lyfte på hatten. "Trevlig kväll", sade han.

"Ja, den är verkligen vacker", svarade Ribby.

"Det är du också", sa föraren med en blinkning.

Detta tog Ribby på sängen.

Angela blinkade tillbaka.

Ribby pustade ut men log snart när hon kom in i vardagsrummet. "God kväll", sa hon.

Anglophone ställde sig upp och sträckte ut handen för att kyssa henne. Han var cirka 1,80 meter lång och ungefär åttio år gammal. Han gick med käpp och bar en dyr skräddarsydd, blårandig kostym med röd kravatt.

"Är det någon som vill ha en drink?" frågade Martha.

"Jag skulle vilja", sade herr Anglophone, "ta Ribby på en åktur i min bil. Om det är okej med henne?" Han kastade en blick åt hennes håll och tittade sedan på sin klocka. "Vi har bokat bord på Revolving Restaurant klockan 9."

"Jag ber om ursäkt för att jag är sen."

Åh, herregud! Han kommer förmodligen inte ens att klara sig genom middagen! Han är helt och hållet geriatrisk!

"Åh ja, jag förstår att skönhet tar tid", sa Anglophone när han stod upp och sträckte ut armen till Ribby.

Ribby tog den.

Ribby och Anglophone gick mot dörren.

"Oroa dig inte för att få hem henne tidigt, Teddy. Vi vet att du kommer att ta hand om henne."

Åh, herregud! Vi ska definitivt INTE åka hem med DET där.

Ribby stirrade på sin mamma över axeln när de närmade sig bilen. Väl inne i bilen sa Anglophone: "Chaufför, du kan köra till vår destination. Jag antar att du tittade på kartan för att se var det ligger?"

"Ja, herr Anglophone, sir, GPS:en är inställd."

"Bra, bra. Då lär du dig," sa herr Anglophone. "Stäng nu skiljeväggen så att damen och jag kan få lite avskildhet."

Smutsig gammal soppa.

Limousinförarens ögon fick kontakt med Ribbys i backspegeln när han tryckte på en knapp. En glasvägg reste sig mellan dem. Röda sammetsgardiner svävade över och gjorde baksätet till ett privat rum. Mr Anglophone tryckte på en knapp för att öppna en bar med kyld champagne.

"Ribby, min kära, jag har sett fram emot att träffa dig."

Ribby, som inte visste vad han skulle säga, sa: "Tack, herr Anglophone."

"Du kan kalla mig Teddy, eftersom mitt namn är Edward. Men säg mig, var fick du ditt namn ifrån, Ribby? Är det en förkortning för något? Det är ett ganska unikt, men underbart namn."

Ribby skrattade. "Märkligt. Ingen har någonsin frågat mig det förut."

"Om det är en hemlighet som du inte vill dela med dig av så förstår jag det, min kära."

Han är en gammal smoothie. En charmör. Det ska han ha!

"När jag var en liten flicka kunde jag inte uttala mitt förnamn. Det stavas som Rebecca men uttalas Reee-becca. Du vet, med det där fruktansvärt överdrivna långa 'e'. Jag uttalade det alltid som Rib-ecca", skrattade hon. "Mamma tyckte inte om att förkorta det till Becky. Hon tyckte att det lät för vanligt, så hon började kalla mig Ribby. Det fastnade, och det har varit mitt namn sedan dess."

"Då så, jag kan kalla dig Rebecca om du vill, men jag föredrar att ge dig ett speciellt namn."

"Det namn jag älskar är Angela. Vill du kalla mig Angela?"

OMG! Varför gör du så här mot mig?

"Angela", sa Teddy när det rullade av tungan. "Då så, då blir det Angela." Teddy strök sin hand över Ribbys knä.

Ribby trodde att det hade varit en olyckshändelse.
Angela var inte lika säker.

V ID RESTAURANGEN ÖPPNADE CHAUFFÖREN dörren först för Teddy och sedan för Ribby.

"Det tar minst två timmar", sa Teddy. "Jag sms:ar dig när vi är redo att åka."

"Ja, sir."

"Han är en jävla idiot för det mesta", sa Anglophone och syftade på sin chaufför, "men lojal som få."

Kapitel 25

D*ET VAR KÖ TILL* restaurangen, men Anglophones närvaro gjorde att vägen blev fri.

Som en gentleman erbjöd han Ribby sin arm och eskorterade henne genom den livliga restaurangen.

Det var som en utomkroppslig upplevelse för henne. Gästerna vände på huvudet, hälsade på dem och höjde till och med glasen för att skåla för dem. Hon kände sig som en kändis.

Paret fortsatte till ett privat rum. Taket var högt och en gnistrande ljuskrona hängde ovanför deras bord. Bordet var dukat med vackra tallrikar, bestick och glittrande kristallflöjter. En flaska champagne stod på kylning i ett stativ.

När de hade satt sig beställde Anglophone åt dem båda.

Ribby kände sig som Bella i den stora balsalen i Skönheten och odjuret.

Han är gammal, men han är inget odjur.

Shhh.

Anglophone pratade en hel del om sina företag och sina pengar.

Ribby frågade om han någonsin hade varit gift.

"Jag var nästan gift två gånger. Kvinnorna var inte vad de verkade vara. Guldgrävare, du vet." Han gjorde en paus och flyttade sig närmare Ribby. "Jag fick dem båda dödade."

"Du gjorde vad?" sa Ribby och spillde nästan ut sitt glas champagne.

"Ett litet skämt, för att se om du lyssnade", sa Teddy. Han skrattade och klappade henne på handryggen. "Det är inte många som vill ha en gammal gubbe som jag nuförtiden!"

Ribby tog ytterligare en klunk champagne. Hon kände sig redan yr.

"Då så. Låt oss hitta min lata, odugliga förare."

"Jag börjar bli väldigt trött", sa Ribby. "Skulle du kunna köra mig hem?"

"Självklart, Ribby, jag menar, kära Angela. Natten är ung och vi har ännu inte diskuterat rollen i mitt bibliotek."

"Jag har haft en trevlig kväll, men jag tror inte att jag är kvalificerad att ta på mig uppdraget. Jag är smickrad, men..."

"Nonsens! Det är inte upp till dig att bestämma! Jag har en bra känsla för dig och det räcker."

När de var tillbaka i limousinen bad Ribby Teddy att förklara sitt sista uttalande.

"Jag har pengar. Pengar gör det lätt att ha ögon överallt. Jag vet allt om dig. Till exempel hur du hjälper din mamma med hennes bolån och hur du också hyr ut en lägenhet vid vattnet."

Ribby flämtade till.

Han fortsatte: "Hur du osjälviskt underhåller de stackars sjuka barnen och hur du på egen hand avvärjde en folkstorm vid P.K:s boksignering. Hans fru, fru Schmidlap, gillar inte många människor, men hon gillade dig. Om du kan jobba med henne, kan du göra vad som helst. Jobbet är ditt om du vill ha det."

Ribbys huvud snurrade när Teddy tryckte på knappen till porttelefonen och sa åt chauffören att återvända till hennes hem.

Han har följt efter oss själv eller så har han anlitat någon för att göra det.

"Jag behöver fortfarande tänka på det."

"Då får det bli så. Du har sju dagar på dig att bestämma dig. Här är mitt visitkort, du kan nå mig när som helst, dag som natt." Efter en paus sa han: "Vänta lite! Varför kommer du inte upp och ser biblioteket själv? Det finns ingen bättre tid än nu. Vi skulle kunna köra tillbaka tillsammans just nu!"

"Uh, jag vet inte."

Han erbjöd dig jobbet som huvudbibliotekarie. Det är bara att ta för sig. Jag vet att han verkar läskig just nu, men han säger det rakt ut. Han döljer ingenting och ljuger inte om det. Det är nåt. Han är vår biljett ut. Vi kan observera honom, se hur han verkligen är utan att göra ett åtagande. Kom igen Ribby, ta en chans. Dessutom är föraren supersöt. Titta på de blonda lockarna som sticker ut under hans keps.

För att inte tala om hans blå ögon.

Jag vet, jag vet. Jag vet, jag vet. Dessutom kan det bli kul!

"Vi skulle vara där tidigt på morgonen. Ni kan bo på samma B&B som Martha och John semestrade på. Allt kommer att vara förberett för er ankomst. Det kommer att hjälpa dig att bestämma dig."

"Men jag har inga andra kläder - förutom det jag har på mig."

"Ah, oroa dig inte för det."

Ribby öppnade munnen.

Han förutsåg hennes nästa invändning. "Jag ringer din mamma och förklarar."

Ribby var inte säker på någonting längre. Hon gick fram och tillbaka i sina tankar. Borde jag, eller borde jag inte?

"Det skulle vara mig ett nöje", sa Angela och tog Teddys hand i sin.

Du tog för lång tid på dig att bestämma dig.

Ribby som hade distraherats av föraren som tittade på henne i backspegeln kröp ihop.

Teddy beordrade chauffören att köra hem dem.

Ribby låtsades sova på vägen tillbaka.

Angela hoppades att Teddy skulle ta en tupplur, så att hon kunde gå upp och sitta med chauffören.

Teddy tog fram sin laptop och började skriva.

Det övernitiska klickandet gör att jag får ont i huvudet.

Jag är säker på att vi snart är där.

Sekunder senare: Är vi där än?

Kapitel 26

D E ANLÄNDE TILL PORT Dover tidigt på morgonen.

Chauffören öppnade dörren för Teddy. "Ta Miss Angela till Mrs Pomfrere. Kom inte tillbaka förrän hon har blivit presenterad."

"Ja, herr Anglophone."

"Be Mrs Pomfrere att se till att Miss Angela är uppe och redo för frukost om fyra timmar. Låt henne veta att du kommer att vara där omgående för att hämta Miss Ribby."

"Ja, sir", svarade chauffören, satte sig i bilen igen och körde iväg.

Ribby som hade nickat till öppnade nu ögonen. Hon tittade ut genom fönstret och försökte se hur Anglophones hus såg ut, men det var för mörkt.

Några ögonblick senare anlände de till B&B. Mrs Pomfrere rusade ut för att hälsa dem välkomna. Chauffören presenterade sig för henne, berättade sedan diskret om frukosten på Anglophones gods och åkte iväg.

"Jag är otroligt glad att få träffa dig, Miss Angela. Herr Anglophone har berättat så mycket om dig."

Ribby kunde inte låta bli att lägga märke till fru Pomfreres klädsel. Trots att det var mycket tidigt på morgonen hade hon på sig en aftonklänning. "Tack så mycket, fru Pomfrere. Om du har bråttom någonstans, låt mig inte uppehålla dig. Peka mig i riktning mot mitt rum så är jag säker på att jag klarar mig."

"Klarar? Klarar? Varför är jag klädd så här för att hälsa på dig. Följ nu med mig så ska vi se till att du kommer i ordning!" De gick in, där hon rörde sig som en virvelvind längs korridoren och uppför trappan mot Ribbys rum.

"Du är ännu sötare än jag trodde. Teddy är verkligen förtjust i dig, och jag förstår varför. Oj oj oj, dina ben fortsätter för evigt, eller hur?" sa Mrs Pomfrere i en alltför bekant ton.

"Uh, ja," stammade Ribby.

"Det här är ditt rum", fru Pomfrere öppnade en dörr.

Rosor av alla sorter och färger fyllde rummet. Det doftade himmelskt. Garderobsdörren stod vidöppen och flödade över av designerkläder.

"Jag hoppas att storlekarna är korrekta. Teddy uppskattade. Du kommer att hitta allt du behöver. Om du behöver något annat står jag till tjänst dygnet runt."

"Menar du att allt det här är till mig?"

"Ja, ja, kläderna och så mycket mer. Du är en lycklig flicka, det är du. Att ha herr Anglophone på din sida. Han kan göra vad som helst. Han är som magi."

"Ja, det är jag", sa Ribby, följt av ett svagt "Tack", när Mrs Pomfrere stängde dörren bakom sig.

Oj, oj! Han är någon sorts kille.

Han gjorde det här för mig.

Jag antar att det var därför han satt och klickade på sin laptop under hela resan.

Ribby skrattade plötsligt. Hon kände sig som ett barn i en godisbutik. Nu när hon hade fått ny energi sprang hon från ena sidan av rummet till den andra och hittade prydnadssaker och presenter i varje hörn. I badrummet stod ett bubbelbad fyllt med bubblor och väntade på hennes ankomst.

Hon placerade armbågen under bubblorna och bröt sedan vattenytan. Ett förtjust stön kom från hennes hals. Temperaturen var perfekt. Hon tar av sig kläderna och sänker sig ner. Bubblorna pirrade på hennes hud. Hon lutar sig tillbaka, tar ett djupt andetag och sluter ögonen. Hon öppnade dem igen för att försäkra sig om att hon inte drömde. Hon kände sig som Törnrosa och hade vaknat och upptäckt att hon var i paradiset!

Jag skulle kunna tycka om det här.

Jag också!

Avslappnad och i en bekväm nattklänning gled hon ner under täcket och somnade.

"**Ä**R DU VAKEN, MISS Angela?" frågade Mrs Pomfrere genom den stängda dörren. Utan att ge Ribby tid att svara knackade personen igen.

En annan röst, viskande. Teddys.

Ribby täckte sig, förväntade sig att de skulle storma in direkt.

"Ta nyckeln och väck henne!" krävde Teddy. "Vi har ställen att gå till och saker att se."

Släpp in mig! Släpp in mig! Smutsiga gamla skit.

"Du skulle ha väckt henne när sminkösen kom", utbrast Teddy.

Sminkören. Intressant...

"Jag försökte, herr Anglophone, men hon sov så djupt att jag inte ville störa henne."

"Jag kommer ut om fem minuter, Teddy."

"Jag väntar på dig i mitt hem. Min chaufför kör dig till mig när du är redo. Snälla, låt mig inte vänta."

Coolt. Fritid med chauffören.

Vi har fem minuter på oss att göra oss i ordning.

Hon tog en snabb dusch, tittade i byrålådan och upptäckte en rad underkläder i siden.

Den gamle cooten har en anmärkningsvärd smak.

Och hans ögon är också ganska bra. De här storlekarna är helt rätt!

Han skulle få en hjärtinfarkt om vi gick ut med bara sidenkläderna. Jag slår vad om att förarens ögon skulle hoppa ut ur hans huvud också.

Var inte äcklig. Ribby knäppte sin sidenblus och drog upp blixtlåset i kjolen.

Sedan kom ännu en hårdare knackning. "Ursäkta mig, jag är här för att sminka madame."

Han tänker på allt.

En liten kvinna, ungefär i Marthas ålder, sminkade Ribby i ett nafs.

"Jag är Angela!" sa Ribby och log mot sin spegelbild.

"Naturligtvis är du det", svarade kvinnan nonchalant.

Nej, det är du definitivt inte.

Avundsjuk?

"Tack så mycket. Jag skulle ge dig dricks, men jag har inga pengar på mig."

"Åh, du behöver inte ge mig dricks; Mr. Anglophone tar hand om det."

Ribbys mage knorrade när hon klev i sina skor med spetsiga klackar.

På vägen till limousinen gick hon som ett fyllo. Chauffören log när hon nästan ramlade omkull. Om han gillade henne visade han det inte. Han öppnade dörren för henne utan att säga något.

Körningen till huset var trevlig nog. Fru Pomferes B&B låg mitt i en liten by. När bilen slingrade sig fram längs landsvägen fick Ribby en glimt av Lake Erie.

"Hamnen och fyren ligger där borta", förklarade chauffören. "På vintern är isbjörnsdoppet mycket populärt."

"Åh, jag minns att jag såg något om det på nyheterna. Eftersom de gör det för välgörenhet beundrar jag det mod som måste krävas." Hon darrade till.

"Min vän deltog förra året, han frös nästan sin," han pausade, "sin, eh, tackling av."

Ribby skrattade.

Han tycker att du är för präktig för att säga bollar framför dig.

Jag är hans chefs gäst.

"Vi är snart framme", sa chauffören.

De åkte genom några byar, små nog att lägga märke till men borta på ett ögonblick.

"Nu är vi här", sa chauffören.

Ribby satte sig rakt upp. Nu när hon var framme vid huvudbyggnaden ville hon ta in allt.

Angela nynnade på ledmotivet till TV-serien Dallas.

Uppfarten till Anglophones hus var överlångt. Träd kantade boulevarden och böjde sig efter vinden. Hon darrade.

Hon vrider på nacken och försöker få en skymt av huset. När hon gjorde det andades hon in och höll kvar andan. Det var inget vackert hus. Med sina smala fönster och mörka tegelbyggnad kändes det kallt och ovälkomnande. En total kontrast till det andra huset där hon hade övernattat.

Det är rent ut sagt Bronte-aktigt.

Men titta, rosenbuskar.

Låt oss hoppas att det är trevligt där inne.

Det är jag säker på att det blir.

Föraren stannade bilen och gick runt för att öppna dörren. Ribby skakade när hon snubblade över asfalten.

Innan hon hann knacka på ytterdörren öppnade en man den. Han var lång, smal och trådsmal och klädd i svart från topp till tå. Han hade ett uttryck som man skulle ha efter att ha sugit på en citron.

"Hej", sa Ribby.

Med hög röst sa han: "Madame, Mr Anglophone väntar på er närvaro. Du har låtit honom vänta för länge!"

"Jag är ledsen."

Be inte om ursäkt, han är hjälpen. Kör förbi som om du ägde stället. Du är Theodore Anglophones gäst. Du förtjänar att vara här.

Vilket är precis vad hon gjorde.

Den förbluffade mannen var inte nöjd, men han var ett proffs. Han meddelade Ribbys ankomst.

Teddy ställde sig genast upp och med en handrörelse sa han: "Välkommen till mitt hem."

Ribby granskade rummet där Teddy stod. Även om han inte var en lång man, verkade han lång i dessa omgivningar. Till och med rustningen på andra sidan rummet var kortare än han.

Riddare var mycket mindre än jag föreställt mig.

Ribby log. "Tack, Teddy. Vilket fantastiskt rum!"

Jackpot!

"Min kära", sa Teddy, "du ser ut som en tavla i det. Jag måste faktiskt få ditt porträtt målat som du är nu."

Teddy verkar ha glömt att han var förbannad på oss.

Ribby rodnade. "Tack så mycket—för allt."

"Det var ett nöje, kära Angela. Kom nu hit och sätt dig mittemot mig så att jag kan titta på dig när morgonljuset faller in bakom dig." Teddy knäppte med fingrarna och hans betjänt drog ut stolen åt Ribby. "Jag antar att allt var till belåtenhet på B&B?"

"Ja, det är underbart, herr Teddy."

"Jag var inte säker på vad du ville ha till frukost, så jag bad min kock förbereda två av varje." Återigen knäppte han med fingrarna och matparaden började.

"Oj då!" sa hon. En doft av bacon, lönnsirap, blåbärsmuffins och korv nådde hennes näsborrar.

Snacka om smörgåsbord! Tillräckligt med mat för att föda en armé!

Tjänaren instruerade sina underhuggare att servera herr Anglophone först.

Anglophone klappade i händerna.

Personalen gick direkt över för att servera Ribby.

Anglophone klappade i händerna igen. "Tibbles, vi måste ha Mimosas!"

Omedelbart skar en servitör två apelsiner på mitten och pressade ut saften. En annan servitör öppnade en flaska champagne. Den första servitören kombinerade de två dryckerna. Ribby tittade noga på när servitören hällde upp varje substans med stor precision.

Han gav ett fullt glas till Teddy för att testa. Teddy nickade att det var tillfredsställande. Han fyllde ett andra glas och räckte det till Ribby. De skålade för en trevlig vistelse och tog för sig av maten.

"Jag hoppas att du inte har något emot det, men jag betalade av din mors bolån."

Ribby gapade.

Teddy bad om mer kaffe och det hälldes upp. När han rörde om tillade han: "Jag har också köpt byggnaden där din lägenhet ligger."

Ribby kippade efter andan. Hon använde servetten för att torka sig om mungiporna.

Det var en oväntad vändning.

"Naturligtvis behöver du inte betala hyra längre. Spara pengarna om du inte flyttar hit. Res. Se världen!"

Säg något, vad som helst.

"Åh, och jag betalade också av ditt kreditkort." Han smuttade på sin Mimosa.

"Uh, tack så mycket. Tack så mycket. Det var väldigt snällt av dig."

Ribby kände sig obekväm efter Teddys tillkännagivanden och det syntes.

"Säg mig, Angela, vad är ditt hjärtas önskan?"

"Min innersta önskan?" sa Ribby och rodnade. "Jag vet inte."

"Du måste veta vad du vill. En smart flicka som du. Något som alltid är för långt borta från ditt grepp, och ändå önskade ditt hjärta det. Tänk på saken. Jag ska fråga dig igen i sinom tid."

Ribby lyssnade när Teddy berättade om sina resor runt om i världen.

"Vi skulle kunna sitta här och prata längre, men jag är väldigt angelägen om att visa dig biblioteket."

"Åh, ja. Jag kan inte vänta med att få se det", sa Ribby. Mimosan hade gått rakt upp i huvudet på henne. "Men jag skulle vilja få lite frisk luft. Jag är inte van vid Champagne så här tidigt. Är det för långt att gå?"

Teddy skrattade. "Inte för en ung sprite som du, det är det inte, men du bär de där olämpliga skorna." Han knäppte med fingrarna. En kvinna kom in. "Var snäll och ge min gäst ett par lämpliga skor." Kvinnan bugade, lämnade rummet och återvände en stund senare med ett par löparskor. "Byt om till dessa. Jag tar dina klackskor med mig i bilen." Sedan till sin betjänt: "Tibbles, rita en karta åt vår gäst."

"På vägen, tänk på din hjärtefråga. Kom ihåg att jag vill att du namnger den."

Luften var frisk och ren. Det rensade hennes huvud.

Han är så snäll, mild och givmild.

Han kanske inte är vad eller vem han utger sig för att vara. Låt oss hålla garden uppe tills vi vet vad han vill. Kom ihåg att ingenting är gratis.

Ribby fortsatte att gå, upptagen av att hitta ett svar på hans fråga.

Låt honom gissa. Avslöja inte våra kort ännu.

Hon rundade hörnet, såg limousinen och sedan biblioteket.

Stephen öppnade dörren för Teddy som klev ut och höll i Ribbys skor. Hon satte sig i limousinen och bytte skor och lämnade de platta skorna i baksätet på bilen.

"Här är det, min kära", sa Teddy. Skylten ovanför dörren löd: E. P. Anglophone: Privat bibliotek. Under skylten fanns en plakett: Head Librarian: blank space.

Jag är förvånad över att vårt namn inte redan står där. Han verkar ganska säker på sig själv.

Uppför dig.

"Kom med", sa han.

De stora trävalven välkomnade henne in. Anglophone tog hennes hand.

Ribbys hjärta hoppade över ett slag. Biblioteket var runt. Runda hyllor. Böcker, böcker och ännu fler böcker så långt ögat kunde nå. Tusentals och åter tusentals. Och stegar, redo att ta dig till den översta hyllan. Till takhöjden, färgat glas upp till tjugo meter högt. När hon tittade upp och vände sig om blev hon yr.

Teddy guidade henne till en stol som hon föll ner i med en suck.

"Tillfredsställande?"

"Oj, oj, ja!" sa Ribby och försökte tygla hennes känslor. "Det är som taget ur en dröm."

Det är trevligt Ribby, men det är något som inte stämmer.

"Berätta nu för mig. Vad är ditt hjärtas önskan?"

"Det här är det!"

Vilken liten dåre!

"Oroa dig inte", sa Teddy. "Det kan, och det ska, bli ditt. Om du..."

Här stannade Teddy när hans chaufför drog till sig hans uppmärksamhet. "Ett ögonblick, Angela. Känn dig som hemma."

Ribby stod och vinglade. Hon klättrade upp för en stege, kom ner och klättrade upp för en annan. Alla författare hon kunde tänka sig fanns här. Hon insåg att chauffören hade återvänt och stod nedanför henne och justerade kjolen.

"Åh, du skrämde mig."

Inte jag! Kom till mig.

"Jag är hemskt ledsen, men herr Anglophone har blivit bortkallad. Han bad mig eskortera dig tillbaka till godset när du är redo."

"Jag, jag var..." sa Ribby och klev ner utan att vara helt uppmärksam. Hon trampade fel och snubblade.

Chauffören, vars namn hon inte ens visste, fångade upp henne.

Ribby blev klarröd i ansiktet. Deras blickar möttes. Han satte ner henne och gick därifrån.

"Tack så mycket."

Han svarade inte.

Han tror att jag gjorde det med flit. Att jag gillar honom.

Angela fnissade.

Hon följde honom genom dörren och in på parkeringen och bestämde sig sedan för att inte ta bilen.

"Jag föredrar att gå", sa hon.

"Är du säker på det?" Han tittade ner på hennes skor.

Hon höjde hakan och började gå utan att svara.

"Som madam önskar."

Du borde ha bett honom om löparna.

Jag vet! Jag vet! Jag vet, jag vet!

Tillbaka i huset med värkande och blåsiga fötter fick Ribby syn på chauffören som satt på framsidan.

Han lutade sin hatt i hennes riktning, höll för ögonen och somnade om.

Gud, han är så söt.

Ha! Teddy skulle sparka honom om jag nämnde att han inte gav mig mina andra skor.

Du skulle bara våga!

Ribby tog till slut av sig skorna och gick resten av vägen i sina strumpor.

Den blick Tibbles gav henne när hon kom in i huset med skorna i handen var någonstans mellan ett flin och ett leende.

Åt helvete med honom!

"Ursäkta mig, fröken", sa Tibbles. "Herr Anglophone har blivit kvarhållen. Han vill att ni återvänder till B&B. Jag ska be chauffören att köra er."

Jag kan inte gå hela vägen dit.

Nix, svälj stoltheten och hoppa in i bilen.

Det var en pinsam tystnad hela vägen till Mrs Pomfrere's som ingen av de boende var intresserad av att bryta.

Du beter dig som en bortskämd snorunge!

Jag bryr mig inte.
Bilen körde iväg och Ribby vinglade in.

Kapitel 27

Ribby smällde igen dörren bakom sig när hon återvände till sin svit. Hon slängde sina skor i rummet och kastade sig sedan på sängen och dämpade sina snyftningar i kudden.

Han är så förtjusande!

Han visste att jag behövde mina skor och ändå gav han dem inte till mig.

Du bad inte om dem.

Men han jobbar för Teddy. Jag är Teddys gäst. Han borde försöka göra mig lycklig.

Du överreagerar. Tvätta ansiktet, det får dig att må bättre och glöm det.

Problemet är att jag inte kan det. Jag känner mig som en idiot. Jag föll i hans armar som i Jane Eyre.

Vem bryr sig? Om han tyckte det, så var han nog smickrad. Segue. Biblioteket.

Det är vackert, det är allt. Men varför vill Teddy att jag, en okvalificerad person, ska sköta hans bibliotek?

Det var därför jag sa att man inte ska lägga alla kort på bordet. Nu vet han att den platsen är din innersta önskan. Han leker Gudfadern och han har oss vid tuttarna.

Mitt hjärta säger att han är på rätt nivå. Att han inte har några dolda motiv. Men mitt huvud, åh mitt huvud.

Ribby tog tag i hennes handväska och drog ut cigarettpaketet. Hon stoppade en mellan läpparna. Även utan att tända den lugnade lukten henne. Hon höll den mot läpparna och somnade.

"Vi måste prata", viskade Teddy genom dörren.

Ribby satte sig upp med cigaretten fortfarande hängande från läpparna. Hon stoppade tillbaka den i paketet. Hon talade genom den stängda dörren och sa: "Förlåt, jag måste ha somnat."

"Gör dig i ordning. Jag måste köra hem dig nu. Packa ihop dina saker så möter jag dig nere i bilen."

Hon lyssnade när han gick iväg och sjönk sedan ihop på golvet och kämpade emot en snyftning.

Anglophone ger och Anglophone tar.

Men varför? Vad har jag gjort? Är det på grund av Stephen?

Var inte löjlig.

Det spelar ingen roll. Allt är för det bästa. Byt om till hans kläder. Gå härifrån med huvudet högt.

Men biblioteket. Min innerliga önskan. Nu när jag har berättat för honom vill han inte ha mig trots allt.

Ribby bytte om till kläderna hon hade kommit i.

Det är hans förlust, Rib. Kom ihåg, huvudet högt. Plus, allt vi tjänar nu, är vårt. Ingen hyra, inget lån, inget kreditkort. Vi är i princip skuldfria! Tänk så mycket kul vi kan ha!

På vägen ut gav hon fru Pomfrere en puss på kinden.

"Vi säger aldrig adjö till våra gäster. Vi hoppas att vi ses igen."

"Tack så mycket."

Chauffören stod bredvid dörren och väntade på Ribby. Väl inne i bilen spänner hon fast säkerhetsbältet. Hon vände på huvudet och tittade ut genom fönstret för att ta in allt hon aldrig skulle få se igen och för att maskera sin besvikelse.

"Angela, det här är bara affärer. Det har inget att göra med dig eller vårt arrangemang."

"Menar du att du fortfarande vill ha mig?" Ribby frågade med skakig röst och hjärtat på väg att hoppa ur hennes bröst.

"Självklart, jag vill att du ska bli min nya bibliotekarie", sa han och strök över hennes lår med sin hand.

Det perversa svinet. Han leker med dig. Slå bort hans hand.

Ribby rodnade. Det var en olycka. Det var ingenting.

Det gamla pervots kind. Jag sa ju det. Ge honom en tum...

"Chauffören, var snäll och sätt upp avspärrningen. Damen och jag skulle vilja ha lite avskildhet."

Ribby tittade upp, fångade förarens blick i backspegeln. Korsade armarna runt sig själv.

Anglophone öppnade en flaska vatten och räckte den till Ribby som uppmanades att korsa armarna. Hon tog den och smuttade.

"Ribby, jag menar Angela, om biblioteket är din högsta önskan, då är det ditt. Det jag har är ditt."

Hon satt upprätt och lyssnade, men Anglophone tystnade. Hon tog ytterligare några klunkar vatten och väntade.

Väntar han på att jag ska säga något?

Han spelar ett spel. Håll tyst. Vi lägger korten på bordet, låt honom göra detsamma. Håll dig lugn under tiden. Njut av utsikten.

Det är verkligen vackert här, men mitt hjärta bultar.

Lugna ner dig. Ta några djupa andetag. In. Ut. In. Ut.

Hennes andningsövningar avbröts.

"Vad ger du mig i utbyte mot ditt hjärtas önskan?"

Nu kör vi. Låt mig sköta det här.

"Jag, jag har inget att ge dig, Teddy. Bara mig själv."

Allvarligt Rib, snälla håll käften!

"Bara mig själv? Känner du dig inte värdig?"

Ribby försökte tala, men orden fastnade i halsen.

Han vill ha mer Rib, han vill ha sex.

Ribby rodnade till rödbeta.

"Oj, oj, oj", sa Teddy och klappade hennes handrygg. "Du ser väldigt orolig ut, och det var inte meningen att göra dig orolig. Jag är en gammal man. Jag har levt utan kärlek, utan beröring, under en fruktansvärt lång tid. Jag kunde aldrig förvänta mig att du skulle älska någon som jag. Även om det var för ditt hjärtas skull."

"Jag", sa Ribby.

"Shhh, låt mig avsluta. Jag vill ha dig i mitt liv. För kamratskap. För vänskap. Om du blev kär i mig—om du kunde älska mig, det skulle vara mitt hjärtas önskan. Kanske en dag kommer du att uppfylla den."

Wow det var en curveball. Omvänd psykologi? Var försiktig.

Det var tyst i bilen nu och två extremt obekväma passagerare. Ribby tog ytterligare några klunkar vatten och Anglophone kollade sin telefon.

"Vill du gifta dig med mig?" flög det ur honom.

OMG den andra kurvan var så långt ute, jag är mållös, Rib.

Jag också, jag menar, vad ska jag säga. Jag vill ha biblioteket, men jag älskar honom inte.

Vi är unga och livfulla. Han är så långt över kullen att han nästan är nere på andra sidan. Vänta, nu...

Åh nej, du tänker inte vad jag tror att du tänker?

Medel till ett slut. Han vill att du ska vara hans vän, att driva hans bibliotek. Han ber inte om sex, utan om kamratskap och kärlek. Eller hur? Så om du uppfyller hans hjärtas önskan och han uppfyller din, var är då skadan?

Varför då föreslå äktenskap? Även jag vet att det inte skulle vara ett lagligt äktenskap om det inte fullbordades. Bara tanken på mig och honom...

Jag vet, jag vet.

✳✳✳

T EDDY SYSSELSATTE SIG MED sin telefon.

Ribby och Angela diskuterade de aktuella frågorna.

Han trummar med fingrarna igen. Så irriterande! Nu klickar han med pennan - klick klack, klick klack, klick.

Han väntar på ett svar.

Jag vet inte hur jag ska kunna acceptera. Ge mig en anledning till varför jag ska säga ja. Hur kan jag säga ja?

Det är lätt. Ett ord: bibliotek. Två ord till: Chefsbibliotekarie.

Chefsbibliotekarie för vad då? Jag har ingen personal, inga kollegor och just nu inga låntagare.

Men du kommer att vara chef över böckerna.

Du hjälper inte till.

Jag försöker!

Jag vet, men för honom är vår relation inget annat än en affärsuppgörelse. Vi skulle vara man och hustru, men bara till namnet. Jag vill ha en man jag kan älska, som älskar mig i gengäld. Det här är förlikning.

Avveckling? Kallar du det här förlikning? Du är trettiofem år gammal och trettiosex är runt hörnet. Du har inga utsikter, ingen framtid. Det här ger dig en framtid. Teddy kan öppna världen för dig, för oss. Kärlek är inte allt som det sägs att det är. Om du inte håller med kommer du att ångra det resten av ditt liv.

Ribby tittade i Teddys riktning.

Säg något. Vad som helst.

"Jag behöver bara tid, Teddy, att tänka på det."

Teddy stirrade ut i fjärran.

Snart, men inte tillräckligt snart, körde chauffören in till trottoarkanten framför Marthas hus.

BAKSÄTETS MÖRKER KNÖT och släppte Ribby sina knytnävar. Den snabba rörelsen, öppnandet och stängandet fick henne att fatta ett beslut. "Teddy, jag är säker på att vi kan komma fram till en lämplig lösning."

Teddy slängde armarna om henne och strålade av leende. "Åh, tack för att du gör mig till den lyckligaste gamle mannen i världen."

Bra gjort, Rib! Bravo! Jobba med honom. Jobba på det. Kom ihåg att det är vi som har kontrollen här.

Ribbys röst darrade, men hon lyckades få fram ett litet leende när hon bröt sig ur hans famn. "Du måste ge mig några dagar för att knyta ihop lösa trådar."

"Jag kan vänta på dig Angela, men snälla låt mig inte vänta för länge. För dig har jag redan väntat en livstid", sa Teddy medan han kysste hennes hand.

Åh nej, han är förälskad!

De utväxlade kindpussar.

Chauffören öppnade Ribbys dörr och han höll i den medan hon klev ut på trottoaren.

"Jag ringer dig om tjugofyra timmar", sa Teddy.

Ribby nickade. Bakom henne på verandan ropade Martha: "Är det du, Ribby? Åh, hej Teddy." Hon vinkade.

Teddy vinkade tillbaka när föraren stängde dörren och återvände till framsidan av bilen. De åkte iväg.

"Ja mamma, det är jag."

"Du är tillbaka tidigare än jag trodde att du skulle vara. Kom in och berätta allt om det."

Ribby snubblade på väg uppför verandatrappan.

Kapitel 28

R IBBY SA HEJ TILL Scamp med en klapp på huvudet och trion gick in i köket.

"Ribby, sitt ner. Jag har en miljon frågor till dig. Hur gick det?" Martha babblade och lät inte Ribby få ett ord ur munnen. "En cuppa, ja, jag ska göra en kopp kaffe åt dig och sedan...Du ser verkligen utmattad ut."

"Ja, mamma, jag är trött. Det var en lång bilresa. Herr Anglophone, Teddy, är intressant."

"Jag trodde att ni två skulle komma överens. Ställde han frågan?"

Visste hon att han skulle ställa frågan? Visste hon det? Vad i?

"Du visste att han skulle göra det?"

Är det här en del av en plan? Åh nej, det här är djupt oroande.

"Han älskar biblioteket, och han skulle inte låta vem som helst sköta det."

Ha, ha, åh hon menar biblioteket. Mitt DÅLIGA.

"Naturligtvis inte. Han är väldigt generös som erbjuder mig den här möjligheten."

"Mr Anglophone var säker på - innan han ens träffat dig - att du var den rätta."

Vad ska det betyda? Är vi tillbaka till Master Plan-konceptet?

Ribby höll tillbaka sin ilska. "Visste du det?"

Käraste mamma sjunker lägre än lågt igen.

"Rib, nu ska du inte bli så upprörd. Han menade väl. Han ville vara säker. Med alla dessa pengar måste han vara otroligt försiktig."

Ribby satt tyst och rörde om i sin kaffekopp.

Martha reste sig och började städa. Hon kastade en blick på Ribby. "Du är utmattad, vill du att jag ska tappa upp ett bad åt dig?"

Tappa upp ett bad åt dig? Okej, ta av dig masken. Vem är den här kvinnan?

"Det skulle vara underbart."

Senare, i badet, somnade Ribby och drömde.

Hon svävade, helt naken, inuti en rosa bubbla i Anglophones bibliotek.

Anglophone kom till syne. Han struttade omkring, röd i ansiktet och med knutna nävar medan hans chaufför skuggade honom.

Anglophone sade: "Jag vill att de nya böckerna omedelbart ersätter de gamla. Lägg dem i ögonhöjd så att min flicka kan hitta dem."

"Det ingår inte i min arbetsbeskrivning", svarade chauffören och vände ryggen till.

Anglophone tog tag i hans arm, drog ner honom och gav honom en örfil på kinden. Även om örfilen var hård hade föraren varit beredd på den och han ryckte inte ens till.

"Ditt jobb är vad jag säger att det är, grabben!"

"Herr Anglophone, jag kommer naturligtvis att göra vad du än vill att jag ska göra, för hennes skull och bara för hennes skull. Jag är din att göra vad du vill med", sade chauffören.

Anglophone släppte taget om hans arm. Föraren rätade på ryggen.

Vilket grepp har Anglophone om honom?

Det här är en dröm. Vi drömmer. Vakna, Ribby! Vakna, Ribby! Vakna!

Shhh, det här är intressant. Försök att zooma in på böckerna han vill att vi ska se.

Jag försöker, men...fan.

"Jag är generös mot dig Stephen, och generös mot henne. Jag begär inte mycket av dig. Jag är en gammal man. Jag är din arbetsgivare. Var inte oförskämd i framtiden."

"Jag ber om ursäkt", sa Stephen och bugade hela vägen ner till golvet med hatten i handen. "Jag kan försäkra dig om att det inte kommer att hända igen. Jag förväntar mig att detta kommer att ta mig större delen av dagen."

"Nåväl. Börja då med att fylla i böckerna igen. Meddela Tibbles när du är klar med uppgiften."

"Vad ska jag göra med de gamla böckerna?" frågade Stephen.

"Det finns tomma lådor längst bak. Förvara dem tills vidare", säger Teddy. "De betyder ingenting. Vi kanske ger bort dem i framtiden. För tillfället, ställ dem ur vägen."

Teddy gick ut.

Stephen fortsatte att arbeta. Han tittade över axeln där Ribby satt naken i sin fantasibubbla.

"Stephen", viskade hon.

Det här är en konstig dröm.

Teddy är verkligen hård mot honom.

Ja, han förväntar sig perfektion.

Vad gör han då med mig?

"Vakna, Ribby!"

Ribbys bubbla sprack när Martha kom in i rummet.

"Jag har knackat i evigheter."

"Förlåt mamma, jag somnade."

"Bra. Det betyder att du slappnar av. Här är något att smutta på."

Ribby gömde det mesta av sig själv under bubblorna.

"Det är inte så att jag inte har sett allt förut, dotter." Martha skrattade.

Ribby skakade till och sträckte sig sedan efter champagneglaset. Martha satte sig på badkarskanten.

"Till dig", sa Martha när de klickade på glasen.

Det här är verkligen konstigt. Den här kvinnan kan inte vara din mamma. Hon smörar för dig som om hon visste att den gamla killen friade och att hon tänker flytta in med er två.

Tvålvattnet droppade nerför Ribbys arm och på glasets stjälk. "Mamma, hur träffade du herr Anglophone?"

"Det har jag väl redan berättat för dig?"

"Jag tror inte det. Om du gjorde det så minns jag inte."

"Vi satt och åt middag och Anglophone kom in", minns Martha. "Han var mycket högljudd och krävande mot personalen och verkade vara av någon betydelse. Vi var nyfikna på vem som kunde orsaka en sådan scen. När jag såg honom första gången såg han bekant ut. Vi trodde att han var en politisk person, eller att vi hade sett honom på TV. Han verkade upprörd och misshandlade sin limousinförare som körde bakom honom. Alla stirrade på honom."

"Märkte han det?" Ribby frågade. "Jag menar, att alla i restaurangen stirrade?"

"Han struntade fullständigt i de andra gästerna till en början. När han insåg att han orsakade en scen bad han oss om ursäkt, inte sin anställda. Sedan bjöd han alla på champagne."

Han låter som en mobbare.

Instämmer. "Och det var allt?" sa Ribby.

"Nej, nej min flicka. Efter det bad vi honom att göra oss sällskap, och han accepterade. Han bjöd, och vi åt och åt. Det var en underbar kväll. Han bjöd in oss att bo hos fru Pomfrere som sin gäst. Det var därför vi förlängde vår semester eftersom det inte kostade oss något."

"Men hur kom jag då in i samtalet?"

"Under middagen, jag är inte säker på vad vi pratade om, men jag berättade för honom om dig. Om din roll på biblioteket och ditt volontärarbete med barnen på sjukhuset. Teddy blev väldigt fascinerad. Han ville träffa dig. Han nämnde sitt bibliotek. Han sa att det var stängt tills han hittade rätt person att driva det. Han frågade om dig."

Berätta mer om stalkern Teddy.

"Han är väldigt förtegen om det hela, eftersom han redan visste om mig."

"Att veta om någon är inte samma sak som att lära känna dem, dotter."

"Ja, men det låter som om han redan har bestämt sig."

"Jag vet inte riktigt."

"Han, Teddy, bad mig att driva hans bibliotek Ma, men det fanns andra villkor. Komplikationer."

"Komplikationer som?"

"Som att jag måste säga upp mig från mitt jobb. Flytta till en ny plats. Jag måste lämna barnen."

"Någon annan kommer att ta över. Du måste vara självisk för en gångs skull i ditt liv."

Ribby slappnade av lite och tog en ny klunk champagne.

"Från vad jag såg av Mr. Anglophone var han mycket generös. Inte en snåljåp."

Jag undrar om hon känner till bolånet.

Det är inte min sak att berätta det för henne.

"Sant." Ribby darrade. "Jag måste tänka mer på den här mamman och ta mig härifrån innan min kropp förvandlas till ett plommon."

Martha reste sig och tog Ribbys champagneglas. "Dotter, du kommer förmodligen aldrig att få en sådan här chans igen. Jag vet att jag inte alltid har varit den bästa av mödrar. Jag vet att du kommer att fatta rätt beslut."

"Tack", sa Ribby. När dörren var stängd klev hon upp ur badkaret, torkade sig och tog på sig nattlinnet.

Det var helt och hållet mor och dotter-tid med "munkavle med sked".

Mamma försökte verkligen vara stöttande.

Ja, det gjorde hon verkligen. Jag kunde se dollartecknen i hennes ögon. Men låt oss byta ämne. Låt oss diskutera den konstiga drömmen.

Ja, i min dröm hette han Stephen.

Jag har alltid tyckt att han påminde mig om Stephen Moyer från True Blood.

Jag har inte sett den serien, men jag vet vem du menar.

Men det var konstigt, engelskspråkiga ersätter böcker med nya. Jag fattar det inte.

Ut med det gamla och in med det nya. Det är dubbelt syfte. Nya böcker med en ny bibliotekarie. Det är helt logiskt för mig.

Det kändes mer som en föraning.

Ribby skrattade. Jag är inte smart nog att ha föraningar.

Men det är jag.

Du är så rolig.

Kapitel 29

*E*FTER EN HASTIG MORGON, *eftersom hon försov sig, anlände Ribby till jobbet och tog sig in i byggnaden.*

Omedelbart fångade en banderoll med texten: "GRATTIS RIBBY!" fångade hennes uppmärksamhet.

Ro-ro. Det verkar som om någon har släppt ut katten ur säcken.

Vem är det? Ma?

En lavin av rop och applåder.

Åh nej, jag måste ut härifrån!

Nej, det gör du inte. Det är för sent för det. De ser dig. Le!

Ribby log när hennes arbetskamrater samlades runt henne.

"Bra jobbat Ribby!"

"Vi visste att du skulle klara det!"

"Vi är oerhört stolta över dig! Chefsbibliotekarie! Wow!"

På anslagstavlan fanns följande notering:

"Grattis till vår egen Ribby Balustrade!

Huvudbibliotekarie, E. P. Anglophone Private Library.

Undertecknat, Mrs P. Wilkinson, huvudbibliotekarie."

Ribby gnuggade ögonen i vantro. När hon öppnade dem igen mumlade hon under andan. Hur kunde han ha gått vidare och meddelat detta utan att fråga henne först? Hon knöt nävarna och hettan steg i hennes kinder. Hon hade inte längre kontroll över sitt liv, sitt öde. Hon gick bakom disken och lade ner huvudet på skrivbordet.

Skärp dig, Rib. Du förstör deras glädje. De är så stolta över dig och det är din sista dag här. Ta det med ro. Håll huvudet högt.

Men han lovade! Han sa att jag kunde ta mig tid. Nu är det här min sista dag. MIN SISTA DAG!

Det som är gjort är gjort. Du kan skälla ut honom för det senare. För tillfället, njut av ögonblicket. Var en inspiration.

Mrs Wilkinson gick fram till skrivbordet. "Först vill jag tacka dig för att du täckte upp för mig när jag var på sjukhuset. För det andra är jag så stolt över dig, Ribby! När mr Anglophone ringde mig, jag menar Theodore Anglophone, kände jag mig så stolt över dig. Jag grät. Det gjorde jag verkligen. Du har alltid varit som en dotter för mig."

"Tack, mrs Wilkinson."

"Jag menar, en sådan mäktig man. Att han valde dig, i din ålder, till chefsbibliotekarie. Du kommer att nå långt."

"Har du hört talas om mr Anglophone förut?"

"Jag känner honom inte personligen, men jag känner till honom. Dessutom har arkitekturen på hans bibliotek varit med i flera tidningar. Liksom hans hem."

"Ja, biblioteket är ganska vackert, liksom hans hem, men jag kände inte till tidningarna."

"Vi ska ha en lunch i din ära. Full catering, tack vare Mr Anglophone, som insisterade på att täcka alla kostnader."

"Jaså, det gjorde han?" sa Ribby.

Den listige gamle tiggaren.

"Under tiden", fortsatte hon, "njut av er sista dag."

"Tack, fru Wilkinson."

Ribby kastade en blick mot sina kollegor som hade återgått till sina arbetsuppgifter. Nyfiken loggade hon in på datorn och googlade på Theodore Anglophone.

Den mest sökta artikeln var en tidningsartikel i den lokala tidningen. Rubriken löd: "Misstänkt dödsfall på lokalt bibliotek."

Vad i?

Ribby läste vidare.

Har huvudbibliotekarien dött?

Det var därför han stängde det. Låter som om kvinnan var galen.

Åh, Teddy hittade hennes kropp. Det måste ha varit hemskt för honom.

Nej, titta här. Det står att han ringde polisen, men reportrarna kom först.

Reportrar kommer alltid först. De har foton på kvinnan. Hon ser galen ut. Var är hennes kläder? Och hon ser ut som om hon spottar på reportrarna.

Många skulle vilja spotta på reportrar.

Håller med, men titta på hennes ögon. Hon ser desperat ut. Rädd.

Hysterisk. Det står att Teddy stängde biblioteket efter det och svor att aldrig öppna det igen.

Förrän nu. Jag behöver lite frisk luft innan lunchen börjar. Hon gick fram till mrs Wilkinson och bad om tillåtelse att gå.

"Jag kan väl knappast avskeda dig nu, eller hur?" Mrs Wilkinson vrålade. "Det här är ju trots allt din sista dag!"

"Ja, det är sant", sa Ribby. Fler gratulanter jublade när hon gick förbi. Väl ute drog hon en cigarett ur sin väska och tände den.

Kanske har vi varit lite för snabba.

Lite!

RIBBY åTERVÄNDE TILL BIBLIOTEKET i tid för lunchen. Bufféns utbud av mat var mer än tillräckligt för alla. Alla mumsade, minglade och småpratade.

Mrs Wilkinson började sjunga, "För hon är en jolly good fellow." Ribbys kinder blev varma. Mrs Wilkinson höll ett kort tal och gav sedan Ribby en present.

"Öppna den! Öppna den!" ropar hennes kollegor.

Hon slet upp paketet. Det var en mobiltelefon.

"Vi har redan lagt till alla våra kontaktuppgifter så att vi kan hålla kontakten", sa fru Wilkinson.

Som om vi skulle vilja hålla kontakten med det här gänget!

"Tack så mycket," sa Ribby.

"Tal! Tal!" ropade de.

Ribby var ovan vid att tala inför publik och mumlade fram några osammanhängande meningar.

Jag börjar bli verklempt.

Hon sa att hon skulle sakna dem alla.

Du har gjort det, Rib. Nu sticker vi härifrån.

De applåderade. Mrs Wilkinson drog till sig allas uppmärksamhet genom att rensa halsen. "Jag ger

Ribby resten av dagen ledigt! Tack Ribby, för många år av enastående service med Toronto Library. Vänligen håll kontakten."

Personalen bildade en procession.

Det är som ett bröllop.

Eller en begravning.

Utanför väntade en limousine vid trottoarkanten.

Ribby knöt nävarna.

Whoa, ta ett djupt andetag.

Föraren klev ur.

Stephen.

Han lyfte på hatten och fortsatte sedan med att öppna bakdörren. Där inne väntade Teddy med ett stort leende på läpparna. Han klappade på sätet och uppmuntrade Ribby att gå in.

Gå in och lugna ner dig först innan du säger något.

Just det. Hon knöt nävarna. Satte sig och spände fast säkerhetsbältet. Hon tog ett djupt andetag. "Hej, Teddy."

"Stäng dörren, Stephen!" Teddy skällde.

Stephen. Han heter verkligen Stephen.

Visst är det lite Twilight Zone-aktigt?

"Framåt", beordrade anglophone. Barriären gick upp och föraren körde vidare.

"Jag hoppas att du har haft en trevlig dag, Angela."

"Den har varit ganska konstig", sa Ribby. "Det var ju trots allt min sista dag." Hon tog ett djupt andetag. "Jag visste inte att du skulle informera Mrs Wilkinson om vårt arrangemang. Jag ville säga upp mig själv. Det var en viktig sak för mig att göra." Hennes kinder blossade och hennes röst darrade när hon kämpade för att behålla lugnet.

"Varför skulle du göra det jag kan göra för dig?" viskade Teddy. Han lade sin hand på hennes ben.

Den här gången var det ingen tvekan om hans avsikter. Han lämnade den där. Hon tog inte bort den.

"Jag vet att de här människorna på biblioteket inte alltid har varit snälla mot dig. Jag vet att de har utnyttjat dig och att de inte har uppskattat dig. Jag vill att du lämnar dem. Jag vill att de ska veta att du är bättre än vad de är. Du vinner och de förlorar."

Vad i? Vi visste att han höll koll på oss, men det här är...extremt...

Sant. Undrar vad mer han vet?

Ribby tog ett djupt andetag.

"Jag vet många, många saker om dig. Om världen", erkände Teddy. "Snusförnuftiga dårar finns det gott om. De är inte lämpade att slicka dina stövlar. Om någon har skadat dig, peka ut dem för mig så ska jag ta itu med dem."

Och en torped! Rib, det här är helt på väg i en galen riktning.

Ribby hade grävt ner sina naglar i dörrhandtaget. Hon släppte det. "Nej, nej, det finns ingen sådan. Jag lever ett ganska enkelt liv. Jag jobbar, jag åker till sjukhuset, jag kommer hem, och jag har inte mycket till socialt liv alls."

Behåll lugnet. Behåll lugnet.

"Det kommer du att göra." Han lyfte handen med öppen handflata, som om han tänkte ge henne en high five. Hon följde hans hand när den höjdes och när han satte ner den vid sin sida igen. "När vi är tillsammans kommer världen att buga sig för dig och alla kommer att älska dig och vilja behaga dig."

Beskrivningen av en drottning eller prinsessa.

Han såg in i Ribbys ögon. Hennes mage vred sig. Hon kysste honom.

Jösses, Rib...vadå?

"Jag är ledsen", sa Ribby, äcklad av hennes handlingar. Det är ditt fel. Jag såg mig själv som en drottning eller prinsessa.

Jag också, men vi var inlåsta i ett elfenbenstorn.

"Det var en fin gest", sa Teddy. "Och ännu bättre för att du hade impulsen att göra det själv och följde den. Ja, jag ser att vi kommer att bli lyckliga tillsammans. Följ med mig tillbaka nu. Kom till vårt hem. Låt oss börja våra liv tillsammans idag."

"Vänta, Teddy, vänta. Jag måste fortfarande ordna några saker."

"Låt oss äta middag tillsammans i kväll. Låt oss fira!"

"Jag är utmattad Teddy och jag vill tillbringa lite tid med barnen på sjukhuset. Jag behöver ta farväl och knyta ihop några lösa trådar."

Teddy tittade bort en sekund när hon pausade.

Han vet.

Kanske, men jag kysste honom.

Ja, det gjorde du. Varför gjorde du det?

Jag vet ärligt talat inte.

Konstigt.

"Ja, jag förstår att det är något du måste göra. Men jag dras till dig. Jag vill vara nära dig. Jag vill att vi ska vara tillsammans. Låt mig ta med dig hem, Angela", vädjade Teddy.

"Jag uppskattar faktiskt erbjudandet, men jag föredrar att ta bussen."

Hon rörde vid hans handrygg.

"Var vill du att vi ska släppa av dig?"

"Här, precis här blir bra."

Stephen stannade bilen. Innan han kunde kliva ur och öppna dörren, öppnade Ribby den och klev ut.

"Tills vi ses igen", sa Teddy och skickade en kyss i hennes riktning utan att bryta kontakten med hennes ögon.

Ribby kom på sig själv med att fånga den och sätta fingrarna mot sina egna läppar.

Blä, Rib. Du går alldeles för långt.

Det var som om jag var besatt eller något.

Det var en Oscarsbelönad prestation. Jag menar, jag har sagt en del saker och jag har gjort en del saker men du, Ribby, du tar priset.

Bit mig!

Kapitel 30

R IBBY KOM HEM OCH hörde sin mamma gråta.

"Vad är det, mamma?"

"Det är din moster Tizzy. Hon är död."

"Jag tror inte på det."

Bra skådespelat, Ribby.

"Ja, jag kunde inte tro det själv, men de hittade hennes kropp. Hon var i Attics-R-Us skåpbil med en av mina beaus."

"Åh."

"Han var en konstig man," sa Martha.

Du kan säga det igen.

"Det var hemskt. Stackars moster Tizzy."

"Jag kom precis tillbaka efter att ha identifierat hennes kropp. De ringer hennes man och dotter nu. De borde inte se henne, inte om de kan komma undan det. De ska minnas henne, hur hon var. Inte som jag såg henne. Uppsvälld och...." Hon gick till baren och hällde upp en jigg whiskey. Hon drack ner den.

"Hur, hur gick det till?"

Ribby, det här är ännu en Oscarsvinnande prestation. Stadig. Håll rösten stadig.

"De tror att hon körde utför en klippa i hans van efter att ha knivhuggit honom, eftersom han hade ett sticksår i ryggen. Rättsmedicinska teamet ringde in mig, de sa att hon blev våldtagen."

"Våldtagen? Åh, herregud, så hemskt."

"Vänta lite nu. Minns du kniven jag hittade häromdagen? Var är den kniven? Den kan vara ett mordvapen. Vad gjorde vi med den?" sa hon och skakade Ribby. Sedan stannade hon upp och blev blekare än blek. "Och herr Anglophone...åh, den här skandalen kan förstöra allt för er!"

"Vad har han med saken att göra?"

"Jag menar, om mig. Om mina herrbesökare. Om det kommer ut kommer det att förstöra dina chanser."

Ribby slog Martha hårt.

Igen. Igen.

"Du måste ta dig samman, mamma. Inget av det här har något med dig eller oss att göra och mr Anglophone kommer inte att bry sig ett dugg om något av det. Dessutom är han inte främmande för skandaler."

"Du vet alltså?" frågade Martha.

"Ja, jag känner till den före detta bibliotekarien som dog i Anglophones bibliotek. Det låter väldigt bisarrt."

"Männen", sade Martha. "Männen kan berätta, och deras fruar kan berätta, och alla kommer att veta att din mor är en hora."

"Åh, snälla mamma, sluta svamla. Du gör så att jag får ont i huvudet."

"Lova mig en sak, Ribby. Lova mig att du ringer Teddy och säger att du vill göra honom sällskap nu. Ta dig härifrån och ut ur staden. Innan skandalen slår till."

"Men mamma, det anglophona godset ligger inte långt från stan. Teddy skulle få reda på det. Jag lämnade honom bara. Jag har lösa trådar att knyta ihop. Jag är inte redo att åka än."

"Neeeeeeej!" Martha skrek. "Du måste ut ur det här huset NU!" Martha sprang upp för trappan och började slänga Ribbys saker i en resväska.

Ribby följde efter.

Hon håller på att bli galen, Rib.

Jag förstår. Hon håller på att falla sönder.

Martha fortsatte att packa, vika och rulla sina gamla kläder. Hon mumlade för sig själv: "Jag räddar dig. Du är allt som betyder något."

Ribby, som inte visste vad han skulle göra, skrek: "STOPP!"

Martha stod lika stilla som en hjort i strålkastarljuset.

Ribby förklarade. "Herr Anglophone har gett mig en garderob fylld med fantastiska nya kläder." Hon tog väskan som hon hade med sig på sjukhusvistelserna och slängde den över axeln.

Du kommer inte att behöva den!

Kanske kommer jag det och kanske inte, men jag tänker inte lämna den här.

"Åh, jag förstår", sa Martha och packade upp. "Ring honom. Han kan inte vara långt borta. Dotter, om du någonsin älskade mig. Om du någonsin kunde förlåta mig och göra det här för dig själv, så snälla gör det NU!"

Jag tycker att du ska göra det, Rib.

Jag håller med. När jag är borta, kommer hon att ta sig samman.

Jag vet inte i vilket tillstånd hon är.

Hon måste göra det.

Ribby ringde Teddy.

"Visst, jag är inte långt borta. Jag kommer och hämtar dig."

Martha och Ribby kramades.

När limousinen körde iväg tittade Martha på sin dotter tills hon inte kunde se henne längre. Hon stängde ytterdörren och föll ner på knä. Hon stannade där en sekund eller två med ryggen mot dörren.

Marthas liv passerade revy framför hennes ögon, allt bra hon hade gjort och allt dåligt. Det fanns fler dåliga saker än bra. Endast Ribby föll in i den senare kolumnen. Hon mindes sin syster när de stod varandra nära för många år sedan. En syster som hon hade bråkat med om ingenting. En syster som hon aldrig skulle få se igen.

Hennes tankar vandrade tillbaka till kniven hon hittat. Hur förtegen hennes dotter hade varit om den och hur hon till och med hade skämtat om att Tizzy skulle döda någon med den. Märkligt. För att inte tala om hur vag hennes dotter hade varit om sin systers återkomst. Allt var ganska konstigt. Det var något som inte stämde. Hon undrade var kniven var nu. Hennes dotter var inblandad, det var det ingen tvekan om.

Hon föreställde sig vad som kunde ha hänt. Carl Wheeler kanske hade dykt upp. Hade Tizzy öppnat persiennerna? Om de hade öppnats av misstag skulle Carl ha gått in som en inbjuden gäst. Och så flämtade hon till. Hon satte sig ner och tänkte på vad som kunde ha hänt. Hur hennes dotter kunde ha gått in...vad hon kunde ha sett...

Hon sprang upp för trappan till Ribbys rum. Hennes dotter gömde saker i garderoben, det hade hon gjort sedan hon var liten. Martha hittade kniven inlindad i en handduk. Och inte bara kniven, utan även dotterns blodiga kläder.

Hon tog ut kniven och grävde ner den under golvet i skjulet tillsammans med de blodiga kläderna.

Hon gick in igen och hällde upp en whisky till. Den här gången en stor. Telefonen ringde, men hon svarade inte. Hon satt bara där och sippade och sippade tills det ringde av sig självt.

Kapitel 31

R ESAN TILL TEDDYS HUS *var lugn. I sitt perifera synfält såg hon att Teddy hade somnat. Eftersom hon själv inte kunde sova bestämde hon sig för att ringa Martha.*

Det ringde flera gånger utan att någon svarade. "Svara mamma, svara. Jag vet att du är där."

"Ah, um, vad?" sa Teddy och vaknade förskräckt.

"Jag är ledsen att jag väckte dig, Teddy. Jag försöker ringa min mamma."

"Åh, hur är det med Martha då?"

"Inget svar", sa Ribby och lade tillbaka telefonen i handväskan.

"Det gör inget", sa Teddy och klappade Ribby på låret. "Du kan ringa henne i morgon bitti. Kan du berätta för mig, Angela, vad du tänkte på?"

"När då?" Ribby frågade.

"Innan jag somnade", sa Teddy. "Du verkade försjunken någonstans djupt i dina tankar."

Ribby började säga något, men Teddy avbröt— "Angela, det är ingen kritik mot dig, men när vi är tillsammans skulle jag hoppas att du bara tänkte på mig. På oss."

Nu vill han kontrollera dina tankar.

Jag tror inte att det är vad han menar.

"Sedan jag var en liten flicka har mamma fått uppfostra mig på egen hand."

"Jag vet det, Angela. Martha berättade det för mig. Hon sa att hon ofta var en dålig mor. Och ändå oroar du dig för henne. Så pittoreskt." Han tog hennes hand i sin.

Ta ut violinerna.

Han somnade igen med hennes hand.

Mer sovtid är bra!

Kapitel 32

N ÄSTA MORGON VAR DET oroligt utanför Marthas hus. Horn som tutade. Skrikande däck. Kameror som blinkade. Högljudda röster.

Martha lyfte på persiennens hörn. Det var kaos. En kvinna bar på en skylt med texten: "Försvinn från vårt kvarter din hora!"

"Där är hon!" ropade någon, medan kamerorna klickade och blixtrade.

"Hon är hemma!"

Martha gick in i köket och gjorde i ordning en kopp te. Medan hon smuttade satt Scamp så nära att hon kunde klappa honom.

Hon ringde John MacGraw och lämnade ett meddelande. "Det är jag som ringer. Kom inte över idag. Ligg lågt de närmaste veckorna. Reportrar, jävlar, kryper överallt. Jag vill inte att du ska bli inblandad. Ring mig när du kan..." Meddelandet avslutades med ett pip. Martha lade tillbaka telefonen och hoppades att han skulle höra meddelandet innan hans fru gjorde det.

Hon satte sig ner och bläddrade igenom TV-kanalerna tills det knackade på dörren.

"Martha, det är jag, Sophia."

Genom nyckelhålet såg hon sin granne, Mrs Engle.

"Håll er undan, era gamar!" Sophia skrek med knytnävarna i luften. "Den här kvinnan befinner sig i sitt eget hem. SHOO! Era uslingar! Gå och jaga en ambulans eller något!"

Martha öppnade dörren. En reporter ropade: "Varför var Attics-R-Us-killen här så ofta? De hittade hans tidbok och han besökte dig varje vecka."

"Ingen kommentar", sa Martha och stängde dörren bakom sin granne.

Mrs Engle smög in. "Usch! Jag behöver en kopp kaffe, Martha, min vän."

"Det förtjänar du verkligen. Jag har just gjort en till mig själv. Och tack Sophia."

"Det var inget. Jag hörde om din stackars syster. De där huggormarna borde låta dig sörja istället för att skapa uppståndelse om saker och nonsens."

"Jag antar att det är en dag med få nyheter", sa Martha medan hon hällde upp kaffet och erbjöd Sophia socker och mjölk.

Sophia viftade bort båda. "Var är Ribby?"

"Hon är borta. Tack och lov för det. Hon har fått ett nytt jobb, utanför stan."

"Bra för Ribby. Under tiden är jag säker på att en annan händelse kommer att vända deras uppmärksamhet bort från dig. De där gamarna skulle kunna lära sig ett och annat om hyfs!"

"Det kan de verkligen", sa Martha.

Sophia ringde 911.

Martha log när Sophia började prata.

"Ja, är det polisen?" Hon gjorde en paus. "Det är bäst att ni alla kommer hit, annars måste jag ta lagen i egna händer. Mhmmmm. Reportrar överallt. Trampar ner mina rosor. Störande av friden. Jag vet inte hur de vågar. Okej, japp, Sophia Engle, 44 Midas Lane. Jag är fast i grannhuset, 42 Midas Lane, okej. Ska bli. Okej. Tack, sir. Tack så mycket, sir. Vi ses då. Prisa Herren!"

Martha och Sophia väntade på att polisen skulle komma.

Det kändes inte så farligt nu när hon hade någon med sig.

Kapitel 33

D ET VAR MIDNATT NÄR limousinen körde upp framför den engelskspråkiga herrgården. Det var inte helt mörkt, och ett svagt sken av något ljusliknande kom från fönstren.

Huset öppnade sina armar och Ribby klev in, följd av Stephen som släpade på sin väska.

Teddy stannade vid dörröppningen där hans betjänt stod.

Tjänaren hjälpte sin herre att ta av sig rocken.

När han kastade en blick på Ribby gick det kalla kårar längs ryggraden. Han log, ett ovälkomnande leende. Ett leende som fortfarande liknade någon som hade sugit på citroner.

Det måste vara hans vanliga tillstånd.

Hans rynkade läppar förvandlades till ett tandlöst leende när Anglophone vände sig mot honom.

"Det här är ditt nya hem, Angela. Välkommen!" sa Teddy och strålade. "Stephen, släpp väskan så kan du gå. Bilen behöver rengöras, både invändigt och utvändigt."

"Ja, sir", säger Stephen.

Stephen bugade först för Teddy och sedan för Ribby och gick.

"Det här är min betjänt, Tibbles. Du träffade honom häromdagen. Han är ansvarig för att sköta huset. Tibbles, Miss Angela. Jag hoppas att allt är i sin ordning?"

"Ja, sir, allt är klart för er unga dams ankomst", medan han plockade upp Ribbys väska och gick iväg.

Ribby var osäker på vad han skulle göra och tittade på Teddy för vägledning.

"Det har varit en lång dag och jag vill dra mig tillbaka, min kära", sa Teddy och kysste hennes hand. "TIBBLES!" ropade han. "Var snäll och visa Miss Angela till hennes rum."

Tibbles väntade högst upp i trappan med Ribbys väska.

Ribby klättrade uppför trappan mot Tibbles, "Kommer du inte upp?"

Teddy stod kvar längst ner i trappan som Rhett Butler som tittar på Scarlett O'Hara.

"Min bostad är på bottenvåningen. God natt, min ängel. Sov gott."

När Anglophone var utom hörhåll väste Tibbles. "Följ mig", sa han och ledde henne längs korridoren. Några dörrar längre fram öppnade han dörren och vinkade in Ribby. Han följde henne in och väntade på instruktioner.

Ribby tog in sitt nya boende. Hennes nya hem. Blommor fyllde varje tillgängligt utrymme. Rosor.

Hundratals av dem. Allt i rummet var rosa, sött och vackert.

"Jag hoppas att detta är tillfredsställande", sa Tibbles. Han släppte väskan på golvet.

"Ja, oj, oj, ja." Hon vände sig om och tippade över en knoppvas som krossades mot golvet. Hon föll ner på knä och började plocka upp bitarna, samtidigt som hon bad om ursäkt.

"Jag tar det", sa Tibbles, knuffade undan henne och drog fram en liten kvast och sopskyffel ur jackan. "Om det inte är något mer, fröken Angela, kan jag dra mig tillbaka för kvällen?"

"Åh ja, tack och tack så mycket. För allting."

Tibbles bugade och log nästan.

Han kanske har gas.

Ribby skrattade.

Tibbles stängde dörren på väg ut.

När han hade gått öppnade Ribby en dörr som hon hoppades ledde till badrummet. Det var en klädkammare. Hon öppnade en annan dörr; det var ett pulverrum men ingen toalett. Var fanns då badrummet?

"Tibbles?" Ribby ropade, men han hade redan gått. Jag antar att jag får vänta tills i morgon.

Finns det ingen klocka eller något som du kan ringa i för att kalla tillbaka honom?

Jag ser ingen.

När du blir herrgårdens drottning får du en installerad.

Ja, det kommer att stå högst upp på min prioriteringslista.

Ribby skakade i nattlinnet. Hon satte på den elektriska filten och försökte att inte känna sig som en prinsessa som var tvungen att kissa.

R IBBY VAKNADE MITT I natten med smärtor längs hela sidorna. Hon var tvungen att stiga upp och gå på toaletten, och ju förr desto bättre. Hon klev upp på björnskinnsmattan bredvid sängen, skakade och letade efter en kappa. Hon hittade en som hängde på en krok i garderoben. Den passade. Återigen kände Teddy till kvinnors storlekar.

Han tänker på allt.

Ja, förutom att tala om för mig var toaletten är!

Det borde den fjolliga Tibbles ha gjort.

Ribby öppnade dörren och tittade ner i hallen efter badrummet. Varje steg hon tog var smärtsamt.

Den mannen borde få sparken.

Nej, det är mitt fel - jag borde ha frågat.

Ribby gick till slutet av korridoren. Hon började öppna dörrarna. Dörr nummer ett var ett gästrum. Dörr nummer två var ett pojkrum helt i blått.

Vad i...?

Han kanske har en son? Och lämnade sitt rum som det var när han flyttade ut?

Ja, vissa föräldrar gör helgedomar till sina barn.

Vid dörr nummer tre lindade Ribby sina fingrar runt handtaget.

"Kan jag hjälpa er?"

Ribby vände sig om och såg Tibbles med handen på höften, klädd i nattlinne, keps och med ett ljus i handen. Han såg ut som en karaktär från en roman av Charles Dickens.

"Ursäkta att jag stör, men jag måste gå på toaletten. Jag vet inte var det är."

Tibbles bleknade. "Följ med mig." Han ledde henne tillbaka längs korridoren, förbi hennes egen dörr och två dörrar ner, till höger, till badrummet. "Blir det något annat i kväll, fröken?"

"Nej, nej, Tibbles. Tack så mycket", sa Ribby medan hon skyndade in och gick mot toaletten. Att kissa hade aldrig känts så bra förut, och hon märkte att akustiken i rummet var väldigt hög. Hon hade lust att säga något för att se om det skulle ge eko tillbaka - men bestämde sig för att inte göra det.

Angela kunde dock inte låta bli och började sjunga refrängen i Madonnas "Like A Virgin". Den här akustiken är fantastisk!

Efter att hon avslutat sin tvagning såg hon sig omkring i badrummet.

Wow, handdukar med "Angela" broderat på dem.

Hur kunde han ha ordnat det?

Tjänaren syr förmodligen.

Han verkar väldigt...

Stel? Stodgy?

Ja, och ja.

Anglophone tänker verkligen på allt, jag menar, kusligt så.

Ja, han är omtänksam.

Det var inte det jag menade. Strunt samma.

Ribby återvände till sitt rum och somnade om.

Angela började bli uttråkad av Ribbys sätt att se på allt. Hon ville ha lite spänning, hon saknade klubblivet och allt som hörde till.

Angela undrade över Stephen. Var han singel? Tyckte han om att ha lite kul?

Hon ville dock inte förstöra giget med den gamle mannen.

När tiden är rätt kommer allt att bli mitt!

Cue olycksbådande skratt!

Kapitel 34

Nästa morgon öppnade Ribby ögonen och hörde hur någon knackade på hennes dörr. Innan hon hann svara - det kändes som déjà vu - knackade personen igen.

"Jag kommer strax ut", sade hon medan hon kastade tillbaka täcket, sträckte på sig och gäspade.

"Mäster Anglophone väntar på er närvaro, fröken. Han tycker inte om att vänta. Var snäll och skynda er."

"Jag ska göra mitt bästa", sade Ribby, och sedan gick kvinnan sin väg. Ribby duschade, satte upp håret och fixade till ansiktet genom att nypa sig i kinderna. Hon återvände till sitt rum och tog det första hon kunde få tag på från garderoben. Det var en byxdress i mocka som passade henne perfekt. Hon gick ner för trappan.

"God morgon, Teddy", sa Ribby när Tibbles visade vägen in i matsalen.

"Äntligen!" mumlade en kvinnlig skötare under sitt andetag.

Tibbles stirrade på henne med ögon som nästan stack ut ur huvudet, sedan på Anglophone. När han var säker på att Anglophone inte hade hört henne, avskedades hon.

"Ja, ja, Angela, sätt dig ner och njut av den första av många frukostar som vi kommer att dela i det här huset som ett par. Har du sovit gott? Jag förstår att Tibbles assisterade dig kl. 02.00?" Teddy klappade i händerna. Personalen började servera.

"Eh, ja", sa Ribby och blev alldeles röd i ansiktet. Hon kastade en blick på Tibbles. Han tittade på sina skor.

"Tibbles har fått en reprimand för att ha försummat sina plikter. Det kommer inte att hända igen."

"Jag ber verkligen om ursäkt, fröken Angela", sa Tibbles och bugade lågt för Teddy och sedan för Angela.

"Det var inte hans fel. Jag borde ha frågat."

"Jag försäkrar dig att det alltid är hjälpens fel. När man är arbetsgivare ska man aldrig behöva fråga."

Ribby fokuserade på sin mat. Servitrisen kom fram till henne och erbjöd sig att hälla grädde i havregrynsgröten. Ribby tackade henne. "Jag tror inte att vi har träffats?" Ribby sa till servitrisen som gick tillbaka och dolde sitt ansikte. Ribby tittade i Teddys riktning. Hans överläpp darrade. Hon insåg att hon hade gjort ett misstag.

"Mrs Haberdash, får jag presentera dig för Miss Angela", sa Teddy i en sarkastisk ton. "Låt oss nu äta vår frukost i lugn och ro. Jag vill inte ha er här och mingla runt. Dåligt för matsmältningen!"

"Sir?" frågade Tibbles.

"Ja, jag menar dig också. Jag säger till om vi behöver något."

"Ja, mr Anglophone, sir."

Det är så formellt här inne, det ger mig kalla kårar.

Ja. De verkar rädda.

Teddy sköter sitt jobb.

Tibbles är läskigare.

Anglophone måste betala dem bra.

Ribby tittade upp och insåg att Teddy hade pratat.

"...Var inte rädd för att komma med förslag för framtiden, så att du kan göra biblioteket till ditt eget."

"Teddy, innan du säger något mer vill jag tacka dig."

Teddy strålade och tryckte upp bröstet.

"Du, min ängel, är allt och mer därtill. Jag vill ge dig det som är mitt. Allt du önskar, skall jag ge dig. Allt du behöver göra är att fråga."

Ribby reste sig och kysste Teddy på toppen av hans huvud. Hon kramade om honom. Han uppmanade henne att sätta sig på hans knä. De kysstes. Stirrade in i varandras ögon.

Skaffa ett rum! Jag menar, tjänarna kan komma tillbaka när som helst!

Teddy reste sig och lade sina händer på Ribbys kinder. Han stirrade in i hennes ögon och hon i hans. Han ledde bort henne vid handen.

Jag spyr här.

Längs korridoren, in i entrén, upp för trappan.

Skärp dig, Rib! Det är för tidigt att ryckas med.

Inget svar.

Ribby, lyssnar du på mig? Han har hypnotiserat dig eller kontrollerar dig. Ribby! Ribby, lyssna på mig. Kom tillbaka till mig!

Angela försökte ta kontrollen. Att titta bort. Att bryta bandet var allt hon behövde göra, men hon kunde inte.

Hon ropade Ribbys namn om och om och om igen.

Fortfarande inget svar.

Kapitel 35

RUBRIKERNA SKREK: "ETT HORHUS mitt ibland oss". Martha tog tidningen på tröskeln och slängde den rakt i papperskorgen.

Hon tog fram den igen och läste artikeln mot bättre vetande. "Martha Balustrade, 62, drev en bordell nära centrum. (Foto på sidan 3).

Martha bläddrade fram till fotot. Hon häpnade. De hade använt hennes bröllopsfoto. Hon kände sig förrådd. En tår rann nerför hennes kind när hon rev sönder papperet i småbitar.

Martha kände varje tum av tomrum, som om hennes hus inte längre var hennes hem. Hon hade tagit bort telefonen från luren och vägrade sätta på TV:n av rädsla för vad som sades om henne. Hon önskade att hon aldrig hade klivit upp ur sängen, men hon var tvungen att gå upp på vinden.

Hon klättrade upp för stegen. Långt in i hörnet, begravd under filtar, spindelnät och diverse prylar, fanns en byrå med hänglås som innehöll privata dokument.

Martha började ta ut papperen ur byrån, ett efter ett, och stannade då och då för att läsa. Där var den. Hon öppnade boken och vecklade ut dokumentet inuti: Ribbys födelseattest. Hon stängde boken och vände på den. Under några sekunder tittade hon på bilden på baksidan. Hon vecklade om dokumentet och lade tillbaka det i boken och lade det i "kasta"-högen.

När natten föll klättrade Martha ner och bar på så mycket hon kunde. Hon gick upp igen och fyllde sina armar och var noga med att hålla två separata högar. Efter flera turer upp och ner för trappan hade hon alla dokumenten med sig. Hon tänkte läsa "behåll"-högen mer noggrant med en whiskey eller två. Den andra högen skulle förstöras.

Hon placerade "förkasta"-högen på soffan nära eldstaden och "behålla"-högen längst bort.

Överst i kasseringshögen låg boken med Ribbys födelseattest. Hon kastade en kort blick på den. På det tomma utrymmet där namnet på Ribbys far skulle ha stått.

Martha gick fram till den öppna spisen och tände på. Hon slängde in Ribbys födelseattest och öppnade sedan skorstenen. Vinden vräkte genast ner och fick papperen på soffan att darra och skaka. Hon plockade upp boken och kastade in den i elden. Hon såg hur den brann upp och kastade sedan in resten av "släng"-högen.

När allt var borta tittade Martha på den uppgående solen över kullarna. Den gröna gräsmattan kontrasterade mot soluppgångens purpurröda färg. Hennes ögon vandrade till en liten skugga framför dörren. Hon kunde inte se någon och undrade vad det var.

Hon gick fram till dörren och tittade ut genom titthålet. Hon var säker på att det var en flaska med något. Mjölk? Nej, mjölkbudet hade inte varit i området på ett decennium eller mer. Till slut tog hennes nyfikenhet överhanden och hon öppnade dörren. Det var en flaska mousserande vin med en lapp där det stod: "En skål för dig, all min kärlek".

Det måste ha varit från John. Han måste ha kommit förbi när hon var på vinden. Hon lyfte luren för att tacka honom men kom bara till hans telefonsvarare. Den här gången lade hon på utan att lämna något meddelande.

Martha hällde upp ett glas och tog några sömntabletter samtidigt. Hon fortsatte med vinet och tabletterna tills båda flaskorna var tomma. Sedan gick hon tillbaka till Jack Daniels och drack upp den.

Hon går in och ut ur sömnen.

En gnista i den öppna spisen träffade kanten på "behåll"-högen. Snart stod högen i lågor. Sedan soffan.

Martha sov vidare.

Fru Engel ringde brandkåren.

Martha hade varit noga med att hålla högarna åtskilda. Till slut hamnade båda på samma plats.

Kapitel 36

T EDDY LEDDE ANGELA LÄNGS korridoren.

Ribby, vad gör du? Det är för tidigt. Sover du? Vakna, vakna! Vakna, vakna!

Teddy slutade gå och slängde upp en dörr.

DET var inte vad jag förväntade mig.

Inte jag heller!

Äntligen har du vaknat upp! Du gjorde mig verkligen orolig.

Varför? Vad hände? Vad var det som hände? Vad har jag missat?

Hörde du inte att jag ropade på dig?

Nej, men jag kunde höra havet.

Han måste ha gjort något med dig.

Det tror jag inte.

Hon snubblade fram och förväntade sig att se en överdådig boudoir, men det hon såg var inget sådant. I sitt hem hade han skapat en exakt kopia av biblioteket.

"Den är till dig", sa Teddy och kysste Ribbys hand. Han stod och tittade på henne medan hon tog in allt. "Det här är din helgedom, din speciella plats, Angela, och ingen annan än du kommer att ha nyckeln. Kom hit för att stilla dina tankar. För att fly från världen. Från mig om du så önskar. Kom hit för att skriva, måla, vad ditt hjärta än önskar. Kom hit ofta. Lär känna varje bok - läs allt - för jag har redan läst dem alla - och vi kommer att ha mycket att diskutera. En dag kommer vi att resa och se alla de platser du läst om i dessa böcker. Jag vill visa dig allt."

Ribby rusade fram och kysste honom. Ingen hade någonsin varit så omtänksam, så underbar, mot henne tidigare.

Ta det lugnt, Ribby. Ta det lugnt!

Han tog hennes ansikte i sina händer och kysste henne passionerat.

Ribbys knän vek sig.

Tibbles rensade sin hals. "Ursäkta mig, sir."

Tack gode Gud för Tibbles! Ribby har lämnat byggnaden. Skärp dig, Rib.

"Vad är det?" sa Teddy och stampade med foten.

"En fråga av stor betydelse, sir." Tibbles röst darrade. Han höll ögonen sänkta mot golvet.

"Inte nu, Tibbles. Håll det under hatten, gamle man, jag kommer strax ut", sa Teddy och smekte Ribbys rygg.

"Men sir..."

"Då så", ropade Teddy när han släppte händerna mot sidorna och lämnade Ribby ensam kvar.

Ribby kände sig varm, trygg och lycklig när hon tittade runt på böckerna i sitt eget bibliotek. Hon nypte sig själv för att kontrollera att hon inte drömde.

Jag fattar det inte. Varför ha en exakt kopia av det andra biblioteket här?

Det är väldigt omtänksamt, tycker du inte det?

Jag tror att det betyder att han vill ha dig här, inte där.

Jag kan inte vara huvudbibliotekarie här. Det finns inga låntagare. Hon darrade.

Ja, inget av det är vettigt.

Det andra biblioteket hade en bra känsla. Det verkar kallt här inne.

Det sitter en termostat på väggen, kanske är det kallare för att en del av böckerna är ömtåliga, kanske till och med gamla? Titta på hyllan där borta. Banden ser äkta ut. Vänta lite, jag insåg precis... är det här biblioteket från drömmen?

En oväntad knackning på dörren fick henne att hoppa till. Hon reste sig upp och öppnade dörren för att hitta Tibbles med en allvarlig min i ansiktet.

"Min herre var tvungen att lämna huset i ett brådskande ärende. Han kommer inte tillbaka förrän i morgon. Vi står till ert förfogande." Han bugade lågt.

"Jag mår bra för tillfället, tack, Tibbles." Hon stängde dörren och återgick till att läsa.

Kapitel 37

"NÄR SÅG DU HENNE senast?" Anglophone skällde när Stephen körde iväg från herrgården.

"I fredags. Jag var där i fredags. Hon var förtvivlad, men jag trodde aldrig att hon skulle göra så här!" sa Stephen och grävde ner fingrarna i ratten.

"Hon är en dum kvinna", sa Anglophone medan hans knytnäve kraschade ner i armstödet.

Det sista Stephen ville var att prata med honom överhuvudtaget. Men han hade inget val eftersom "Teddy" betalade räkningarna för sjukhuset som hans mamma låg på. Stephens mamma hade förändrats för alltid en dag på Anglophone's bibliotek. Hon dog nästan. Nu var hon bara ett skal av den mamma han en gång hade känt.

Medan han körde mindes Stephen att hans mamma berättat för honom hur hon och Teddys framtid blivit sammanflätade. Även om han hade kommit till Anglophones hem som spädbarn, behandlades Stephen aldrig som en familjemedlem. Visst, han hade ett fint rum med allt i blått, men en pojke behövde mer.

Stephen hade varit ett ensamt barn. Ett barn som längtade efter en fadersgestalt. Anglophone stängde sig för sin styvson. Faktum är att han lämnade rummet när Stephen kom in. Stephen kände sig som en nagel i ögat på mannen och inget mer.

Han torkade bort en tår från kinden medan han körde allt närmare det psykiatriska sjukhuset. Sjuksköterskan Beemer berättade för honom att hans mamma hade svalt en flaska piller. När han frågade var hon fått dem ifrån var de inte säkra. Det spelade ingen roll. Det viktiga var att hans mamma var medvetslös. Hennes mage pumpades. Hennes framtid var mer osäker än någonsin. Skulle hon leva eller dö?

"Dumma kvinna", mumlade Anglophone. "Dumma, dumma kvinna."

Efter att Stephen öppnat dörren för Anglophone sprang han iväg. Han ville hitta sin mamma, han behövde hitta henne omedelbart. Han kunde höra den gamle blyfoten svassa iväg bakom honom. Han kunde aldrig förstå hur hans mor hade kunnat bli kär i honom. Men nu var inte rätt tillfälle.

Stephen gick fram till sjuksköterskan. "Min mor? Var är hon? Hur mår hon? Hur mår hon?"

"Hon är utom fara, men det var nära ögat, Mr Franklin. Rum 208. Längst ner i korridoren, till vänster." Sköterskan släppte på summern.

Stephen gick in. Han var fast besluten att tala med sin mor ensam. Han började springa.

Anglophone var honom hack i häl.

Hans mor låg medvetslös, omfamnad av sängkläderna. Slangar och kablar sträckte sig från hennes bröst och armar och ledde till en rad olika maskiner.

Stephen kysste henne på pannan, satte sig ner och tog hennes slappa hand i sin. Maskinerna brummade och pep.

"Hon ser ut att må bra", sade Anglophone bakom Stephens vänstra axel.

"Res dig nu upp och låt en gammal man få stolen. Och ge mig en kopp kaffe", tillade han och kastade till Stephen några sedlar. "Och några blommor till din mamma, fina blommor i en vas."

Stephen gjorde som han blev tillsagd.

En sak som det gjorde med en man att vara i närheten av engelsktalande varje dag i så många år var att han lärde sig att hålla tungan rätt i mun.

"ROSEMARY, KAN DU HÖRA mig?" Teddy viskade till kvinnan på sängen. "Rosemary, det är Teddy."

Det var ingen förändring eller rörelse från kvinnan. Teddy mindes dagen då de först träffades. Hon hade varit så livfull, så levande. För bara några veckor sedan hade hon firat sin födelsedag. Han hade skickat påskliljor till henne, hennes favoriter.

Tack och lov sa Rosemary att hon inte mindes mycket av någonting från tiden för olyckan. Nyheten om hennes död spreds på nätet. Under mediadrevet fick Anglophone sin vän, rättsläkaren, att skicka en bil för att föra bort henne. Bort till den här platsen, där hon kunde läka med tiden.

"Hon är inte riktigt vid liv nu, så här", mumlade Teddy för sig själv när fotsteg närmade sig. Stephen var på väg tillbaka. Teddy hade inte ens talat med sin fru ännu. För ja, eftersom hon inte var död—Teddy var fortfarande en gift man. Hälften av allt han ägde tillhörde den medvetslösa kvinnan och hans arvinge.

"Hur mår hon?" Stephen knäböjde vid sin mors säng och tog hennes hand i sin igen.

"Hon andas, men inte frivilligt. Det är dags att vi pratar om att låta henne gå i frid."

"Men det kan du inte. Hon är min mamma, och jag kommer inte att låta dig göra det."

"Sänk rösten. Din oförskämda idiot!" skrek Teddy.

Rosemary öppnade ögonen. Hon öppnade munnen.

"Hon försöker prata!" Tårar rann nerför Stephens kinder. "Mamma, jag är här, det är Stephen. Din son Stephen. Om du kan höra mig, krama min hand."

Han väntade och höll andan, men hon kramade aldrig hans hand.

Istället kramade hon Teddys hand.

Kapitel 38

TILLBAKA I HUSET KÄNDE sig Ribby ensam. Hon ville besöka biblioteket men hade ingen nyckel. Hon funderade på att fråga Tibbles om han hade ett exemplar någonstans - men bestämde sig för att inte göra det.

Ribby plockade upp telefonen i entrén och planerade att ringa Martha.

Tibbles dök upp från ingenstans. "Kan jag hjälpa er, fröken?"

"Ja. Jag skulle vilja ringa min mamma och jag verkar ha tappat bort min mobiltelefon."

"Inga telefonsamtal får göras under din inkvarteringsperiod, fröken."

"Men varför?"

Hålls vi fångna?

"Jag följer min herres instruktioner. Nu, om det inte är något annat..."

"Jo, det är det. Jag skulle vilja ha en nyckel till biblioteket längre ner på gatan, så att jag kan gå dit och titta en gång till."

"Det finns ingen nyckel att låna, fröken. Du kan ta en promenad eller använda dig av hushållets faciliteter, till exempel ditt eget personliga bibliotek. Spaet är avkopplande om du vill att jag ska visa dig var det är."

"Nej, tack så mycket. Jag väntar på att Teddy, eh, Mr. Anglophone ska återvända."

"Jag kom för att tala med dig om herr Anglophone. Han har blivit kvarhållen ytterligare en dag. Jag har instruktioner om att se till att du känner dig som hemma. Låt mig veta om det är något mer, fröken."

"I så fall ska jag ta en promenad. Hur långt är det till närmaste by?"

Tibbles gick närmare Ribby, lutade sig fram och viskade. "Det är för långt att gå, fröken, och jag är rädd att bilen och chauffören är hos herr Anglophone. Utforska trädgården och låt oss veta när ni vill äta middag." Han gick sin väg.

"Tack", mumlade Ribby. Hon vände sig om och kämpade mot impulsen att sparka på något. Istället gick hon ut genom dörren.

Jag saknar mamma.

Vi klarar oss ändå bättre utan den där häxan! Titta på stället vi bor på, och om vi spelar våra kort rätt kan vi göra något av oss själva här. Även om han är lite konstig, är Teddy väldigt förtjust i dig. Allt du behöver göra är att spela med, tills vi listar ut vad hans spel är.

Vad menar du med hans spel? Han vill att jag ska bli hans följeslagare. Han är väldigt rar. Jag skulle kunna bli kär i honom. Om du slutade göra insinuationer. Varför är du så misstänksam?

Det är en magkänsla. Som om han har gjort sånt här förut.

Han är så rar och öm.

Han bryr sig om dig. Men efter det som hände innan han visade dig biblioteksrepliken, du vet, när du var ute ur det? Var på din vakt. Tämj honom. Få honom att gå långsamt. Låt honom vänta. Gissa.

Hans beröring är ganska mild.

Efter att hon utforskat ett tag tittade Ribby framför sig, och det fanns inget annat än vatten. Bakom henne, Teddys hus. Sedan ingenting på flera mil.

Hon hade funderat på några idéer om saker som hon skulle vilja introducera på biblioteket. Som en barnklubb. Ett ställe dit barn kunde gå en lördagsmorgon. För att höra sagor läsas för dem, för att spela spel. Det skulle vara en trygg plats där föräldrarna kunde ta en paus. Ja, det var hennes bästa idé hittills! Hon ville också prata med Teddy om att återuppta sina föreställningar på det lokala sjukhuset. Hon saknade alla sina barn och undrade hur de mådde. Hennes liv hade förändrats så mycket, och hon kände sig lite överväldigad av det.

Det är bara början, tänkte Ribby när dimman från vågorna kysste hennes ansikte.

En bil svängde in på boulevarden och körde rakt förbi henne.

Jag undrar vem det är?

Det var en kvinna.

Ja, det var det. Besöker Tibbles när hans chef är borta. Intressant.

Det kanske inte är nåt, men å andra sidan. Om han har nåt på gång, vill Teddy veta det.

Det skulle vara kul att ta reda på det.

Nu kör vi!

Kapitel 39

HELVETET HADE BRUTIT LÖS. Efter att Stephens mamma hade kramat Teddys hand hade han kramat tillbaka. Han trodde att han gjorde det diskret tills patienten sa: "Teddy, sluta för helvete, du gör mig illa!"

"Mamma, åh, mamma, du är vaken. Jag måste få hit någon." Han tryckte på knappen på porttelefonen. "Sjuksköterska, sjuksköterska, kom till rum 208! Snälla!" Stephen torkade bort sina tårar och kysste sin mamma på båda kinderna.

"Sluta dreglande över hela mig, pojke", sa Stephens mamma och tittade på honom. "Jag vet inte vem du är. Teddy, säg åt honom att gå så att vi kan vara ensamma tillsammans. Få ut honom härifrån!"

Hennes förnekande skar genom honom. "Men mamma, det är jag, Stephen, din son." Han rörde vid hennes hand och lade något i den. "Du gav mig den här St Christopher's medaljongen. Ser du den? Det står ditt namn på den, mamma. Läs det."

Hon tittade på smycket och läste högt, "Till Stephen med kärlek från mamma. Hmmfff. Jag kommer inte ihåg dig. Få ut honom härifrån, Teddy!"

Stephen lämnade sjukhuset och kämpade mot lusten att slå sina nävar mot sjukhusväggarna.

Kapitel 40

R IBBY SPRANG UPPFÖR TRAPPAN.

Hon öppnade dörrarna. En stor baksida av en kvinna klädd i en lång kjol med solrosmönster kom till synes. Plagget snuddade vid golvet när hon gick bakom Tibbles. En stor slokhatt och en långärmad, jadefärgad blus med böljande muddar kompletterade hennes ensemble. Trots att hon gick bakom Tibbles verkade det som om hon ledde samtalet.

Nu går vi härifrån. Hon ser tråkigare ut än Tibbles.

Nej, Teddy sa åt mig att känna mig som hemma. Så att presentera mig själv, för att inte tala om att kontrollera och välkomna nykomlingar skulle vara lämpligt.

Det är Tibbles jobb.

Ribby bestämde sig för att avbryta; för att fånga deras uppmärksamhet ropade hon: "Hej!"

De två vände sig åt hennes håll, Tibbles med en tvär blick och kvinnans mun öppen eftersom hon var mitt i en mening.

Ribby skyndade sig till platsen där de stod och stirrade. Hon sträckte ut handen till den nya gästen och sa: "Jag heter Angela. Och du är?"

Kvinnan stängde munnen och tittade i Tibbles riktning.

"Ah, fröken Angela. Ni har återvänt", sade Tibbles. "Jag antar att du njöt av din promenad?" Han väntade inte på något svar och försökte inte heller presentera de två kvinnorna. "Lunchen serveras i biblioteket. Jag har fått strikta order från mr Anglophone att ta hand om hans gäster. Njut av er lunch. Om du behöver något annat, låt oss veta."

Tibbles, med handen på kvinnans rygg, ledde henne längs korridoren och in på sitt kontor. Dörren klickade igen.

Hmpft! Han är en sådan bossig besserwisser.

Varför skulle vi vilja tillbringa tid med henne i alla fall? Hon såg ut som om hon kunde förvandla vem som helst till sten! Eller tråka ut dem till döds.

Du har nog rätt.

Låt oss se vad som finns på menyn till lunch.

Hon gick till biblioteket. Hon lyfte på silverlocket och hittade en hummermacka, fullproppad med majonnäs. En flaska champagne stod på kylning.

Ribby stoppade i sig sin mat och granskade böcker medan hon åt. En volym fångade hennes uppmärksamhet. "Trolldom genom medeltiden." Ribby plockade upp den.

Kände du det där?

Ja, det gjorde jag. Den andades. Ribby vände på sidorna. Den är fylld med svart magi. Trollformler och besvärjelser. Sidorna är mycket ömtåliga. De flesta bilderna är handritade.

Jag tror att pappret är gjort av hud.

Inte mänsklig hud?

Jag kan inte säga säkert ja, men det är möjligt. Bläcket på sidorna kan vara blod.

Människoblod? Ewwww.

Jag tycker att du ska lägga tillbaka den.

Jag har sett många gamla böcker förut, men ingen som den här. Den får mina händer att darra. Dessutom är det bara en bok. Vad kan det vara för fel på den?

Den ger mig kalla kårar.

Kapitel 41

"JAG FINNS HÄR FÖR dig, min kära Rose", viskade Teddy och höll hennes hand.

"Lägg av med skitsnacket", sa Rosemary. "Min pojke är utom hörhåll."

Teddy skrattade. "Ah, kul att ha dig tillbaka. Fortsätt gärna."

"En sak i taget, Teddy", sa Rosemary. Hon lutade sig närmare honom. "Jag vill härifrån, idag, imorgon—sedan. Jag följde din önskan, för vår sons skull. Jag lät dem droga mig, söva mig - göra allt utom en lobotomi - för att hålla min son säker och välmående, och nu har tiden kommit. Stephen är en man nu, och han behöver veta vem hans far är, och varför vi aldrig berättade det för honom."

"Rose, vår överenskommelse är att vår son får femtio procent av allt. På ett villkor. Villkoret är att han aldrig får reda på att jag är hans biologiska far", sa Teddy. Hans röst slutade med en strävhet nästan som ett skällande. "Efter incidenten på biblioteket gick du med på att försvinna. Att låta mig fortsätta med mitt liv - i fred - så länge som din son, vår son, skulle bli försörjd. Jag har hållit min del av avtalet och du... du har inget annat val än att hålla din. Annars kommer mitt erbjudande att återkallas. Det står i mitt testamente. Om han får reda på det - får han ingenting. INGET!"

En sjuksköterska som passerade utanför rummet sa. "Shhhhhhhh."

"Åh, förlåt", sa Teddy.

Rosemary viskade: "Jag gick med på det, men jag kan inte leva här, på det här sjukhuset ... det här fängelset. Att bli bevakad tjugofyra-sju—som ett djur i bur. Jag vill att vår son ska få vad han förtjänar, men det dödar mig varje gång jag säger till honom att jag inte vet vem han är. Det gör ont för en mamma att se sitt barn lida."

Anglophone räckte henne sin näsduk.

Hon fortsatte: "Det är det enda sättet jag kan prata med dig ensam. Jag är trött på att hålla på med det här. Jag vill ha ett eget liv. Annars får du begrava mig här och nu så att han inte behöver komma till mig längre. Jag står inte ut! Jag står inte ut med att leva så här längre." Rosemary höjde händerna för att täcka sitt ansikte.

"Så det var därför du svalde de där pillren, för att befria världen från dig själv! Synd att du inte lyckades. Synd."

"Ja, det är synd. Jag skulle ha varit glad att aldrig få se dig igen."

Den engelsktalande reste sig. "Jag går nu och lämnar dig i fred." Han vände ryggen åt sin före detta hustru och älskarinna och gick mot dörren.

"Om du går nu så berättar jag för honom. Jag ska berätta för honom."

"Och få honom att förlora allt?" Han gick tillbaka till hennes säng. "Du kommer inte att berätta för honom. Du har redan offrat för mycket." Han tvekade och knackade med sitt beniga finger på hakan. "Jag ska be sköterskan att ta med dig ut på en promenad varje dag, så att du kan få lite frisk luft, om det kan hjälpa. Och böcker. Jag kan skicka böcker till dig. Gör en lista. Mitt bibliotek är ditt bibliotek."

"Tack, Teddy. Tack, Teddy. Tack. Ja, skicka mig de senaste romanerna. Tidskrifter. Skvaller. Till och med tidningar. De låter oss inte titta på nyheterna här... Jag vet inte ens vilket år det är."

"Det är 2016. Vi kommer att hålla dig i vår kedja här, men vi kommer att lossa på kragen. Se till att du inte skapar en ny scen med ett självmordsförsök. Jag kommer att hålla min del av avtalet om du håller din. För nu, god natt min Rose. Jag kommer inte tillbaka. Jag ska ordna så att du får allt du behöver om du skickar ett brev till Tibbles märkt konfidentiellt."

"Tack, Teddy. Tack," yttrade Rosemary. De svängande dörrarna burrade ut Teddys sorti och en stund senare Stephens återkomst.

"Är du okej, mamma?" frågade Stephen och gick mot hennes säng.

"Jag mår något bättre. Förlåt att jag skrämde dig som jag gjorde. Naturligtvis känner jag dig. Du är Stephen, min pojke."

"Om du inte kände mig, någonsin igen, skulle jag..."

"Tyst nu. Det var en droginducerad lapsus. Jag håller fortfarande på att återhämta mig."

"Ja. Du ser saker annorlunda i dagsljus?"

"Det gör jag, Stephen, och jag ska försöka bli frisk så att jag kan ta mig härifrån. Jag ska börja läsa igen. Kanske till och med skriva igen. En dag kommer de att släppa ut mig härifrån. Då kan du visa mig ditt liv."

"För att bli bättre, mamma, måste du prata om vad som hände. För alla dessa år sedan. På biblioteket."

"Stephen. Stephen. Stephen. Stephen. Stephen", Rosemary fortsatte att säga hans namn om och om igen. Stephen skakade henne, men hon var borta.

D ET VAR SVÅRT FÖR Stephen att koncentrera sig senare.

I hans sinne upprepade hans mamma hans namn. Stephen. Stephen. Stephen. Han hörde henne alltid säga det nu. Varje kväll. Varje dag.

Hon ropade hans namn och visste aldrig att han försökte svara.

Kapitel 42

R*IBBY SATT MED BENEN i kors på biblioteksgolvet. En annan bok fångade hennes uppmärksamhet: Allt du någonsin velat veta om svart magi (men inte vågat fråga). Hon skrattar åt titeln och åt den silhuettliknande killen på baksidan av omslaget.*

Vilken tönt.

Undrar vad Anglophone gör med dessa konstiga böcker?

Han sa att det här är mitt bibliotek.

Ja, det är också konstigt. Varför skulle han lägga dem i ditt bibliotek?

Det finns massor av böcker här, det är inte så att han kunde veta vilka som skulle sticka ut och få mig att vilja titta i dem.

Du drogs till de två, omedelbart. Nästan som om de var upplysta.

Ah, du gör för mycket av det här. Lyssna bara:

Du kan också bli en expert på Hexing. Allt du behöver göra är att hålla ut. Välj först ett objekt som du vill placera en Hex på. Obs: Förhäxningar är negativa saker. Lägg inte en Hex på någon du älskar (såvida det inte är ett hatkärleksförhållande eller om du får en kick av att se någon du bryr dig om lida).

När du har valt ditt objekt kan du börja samla in deras personliga artefakter. Hår från en kam, borste eller kudde. Fingernaglar. Tånaglar. (Obs: kasserade sådana tack!) Ringar. Klockor. Var inte övertydlig med det. Kom ihåg att gömma dem på en säker plats.

Öva framför en spegel på hur du ska svara när de frågar: "Har du sett min klocka?" Särskilt om du inte är särskilt bra på att ljuga. Ha alltid ett svar förberett. Ett alibi. Var beredd på att bli misstänkliggjord.

Ribby försökte hälla upp ytterligare ett glas champagne: flaskan var tom.

Hon förde in pekfingret på den sida där hon hade slutat. Huset var tyst, nästan för tyst för att hon skulle tycka om det. Hon smög upp för trappan som ett olydigt barn och klättrade upp i sängen fullt påklädd.

Vilken lättviktare.

"Vakna, Ribby. Det är Stephen. Vakna."

Ribby täckte sig och förväntade sig att hitta Stephen, men han var inte där.

Det var en dröm. Det var synd.

Hennes huvud dunkade. Svetten rann från hennes panna och ner på bokens omslag. På vingliga ben bar hon den genom hallen till badrummet. Fläcken hade redan satt sig. Hon använde en ansiktstrasa för att torka bort den.

Hon tog fram hårtorken och riktade in sig på det fuktiga området. Hon återvände till sitt rum och lade boken på nattduksbordet för att torka.

Nu när hon inte längre hade något att fokusera på steg illamåendet och fick henne att svaja från sida till sida. Hon tog ett djupt andetag och försökte bekämpa behovet av att kräkas, men det fungerade inte. Hon sprang ner i korridoren och hann precis i tid. Hon kände sig lite bättre när hon sköljde munnen och borstade tänderna.

Eftersom huvudet fortfarande bultade gick hon tillbaka till sitt rum. Hon klättrade tillbaka till sängen och drog täcket över huvudet.

Kapitel 43

*E*FTERSOM HAN INTE KUNDE *sova i motellsviten var Anglophone besatt av Angela. Han hade mycket att göra och tiden tickade iväg. Först var han tvungen att presentera henne för världen, som sin nya bibliotekarie och som sin tilltänkta hustru. Hon var redan förtrollad av honom, lätt att tvinga och hans behov av henne växte för varje dag.*

I åratal hade han sökt efter en lämplig partner: en ängel från jorden. Hans Angela passade perfekt. Hennes osjälviskhet med barnen på sjukhuset, hennes naivitet inför män. För att inte tala om att hon utan tvekan var en trettiofemårig oskuld. Praktiskt taget ohörd i dessa dagar. En perfekt kandidat att studera för hans nya bok. Och ändå, efter att de gift sig, efter... undrade han om hon skulle visa sig vara precis som alla de andra.

Han klickade på TV:n och tillbringade resten av natten med att titta på repriser av Supernatural.

Kapitel 44

NäSTA MORGON RINGDE STEPHENS personsökare. Mr Anglophone kallade på honom. Stephen ignorerade ett pip, men sedan kom två långa pip och slutligen ytterligare tre pip. Han visste av erfarenhet att det inte var någon bra idé att låta Anglophone vänta.

"Beeeeeeeeeeeeeeeeeeeeeeeeeeeeeeeeeeeeeeep." Herr Anglophone höll på att tappa tålamodet.

Stephen stönade. Han hade inte råd att förlora sitt jobb med allt annat.

"Åh, okej", skrek Stephen när han stängde motelldörren bakom sig. Han rundade hörnet och fann Anglophone väntande på honom bredvid limousinen.

"Sir, förlåt att ni fick vänta, sir", sa Stephen.

"Skynda på, jag kunde inte sova på det här förbannade motellet och jag vill komma hem och sova i min egen säng. Kom nu. Det finns inget mer vi kan göra för din mor."

Stephen öppnade dörren för Anglophone. Han väntade på att han skulle spänna fast säkerhetsbältet och återvände sedan till förarsätet. Han startade bilen och körde iväg. Han tittade på Anglophone i backspegeln. "Jag ringde sjukhuset för en stund sedan, mamma verkar må bättre. De sa att hon hade sovit gott och ätit lite frukost."

"Hon är i den finaste av vård", sa Teddy.

"Tack för -"

"Det var så lite, Stephen."

Kapitel 45

V ECKORNA GICK OCH BLEV snart till månader.

Anglophone var borta större delen av tiden. När han och Ribby var tillsammans bad hon om saker, saker som hon trodde skulle göra hennes tillvaro mer tillfredsställande.

"Jag skulle vilja lära mig att köra bil", brukade hon fråga under middagen.

Anglophone duttade med en servett i mungipan. "Men du har ju redan en chaufför till ditt förfogande."

"Han är borta med dig större delen av tiden", muttrade hon.

Fråga honom inte, berätta för honom. Säg att vi är uttråkade. Säg att vi...

"Låt mig tänka på det", svarade han. Det gjorde han aldrig.

Under dagen tillbringade Ribby det mesta av sin tid på biblioteket. Hon flyttade runt saker, omorganiserade dem. Men det var en tyst och ensam plats. Det var något med att vara där som fick henne att känna sig ännu mer ensam. Det var för tyst och hon längtade efter det rogivande ljudet från vattenfontänen i Toronto.

Ribby sa inget mer om att lära sig köra bil. Nästa gång han kom tillbaka hade hon andra önskemål.

"Jag skulle vilja beställa några saker till biblioteket. Jag menar huvudbiblioteket", frågade hon.

"Vad du än önskar", svarade Anglophone.

"Jag ska köpa en dator, en laptop..."

"Det behövs inte. Du kan använda datorn på Tibbles kontor." Han tog en klunk av sitt kaffe. "TIBBLES!" Hans betjänt anlände. "Låt Miss Angela använda datorn på ditt kontor närhelst hon vill beställa saker till biblioteken."

"Ja, sir", svarade Tibbles. Han kastade en blick på Ribby, bugade och gick sedan.

Följande dag bad Ribby om att få använda datorn och fördes in på Tibbles kontor. Han stod bakom henne hela tiden och hon hade svårt att koncentrera sig och än mindre att beställa något. Till slut gav hon upp tanken.

Vid en annan middag: "Jag skulle vilja boka bilen för att ta mig till Simcoe Hospital så att jag kan besöka de sjuka barnen."

"Det är ett så litet sjukhus, inte alls som det du är van vid. Dessutom har du ju biblioteket, och ditt ansvar kommer att öka i takt med att vi gör oss redo för nyöppningen", svarade anglophone.

Jag ville ändå inte åka dit.

Ledsen när han var borta och ledsen när han kom tillbaka. Hennes nya liv var inte allt som det var tänkt att vara.

Kapitel 46

T IBBLES VÄNTADE UTANFÖR VID detta tillfälle när Anglophone återvände.

När Stephen hade gått försökte Anglophone gå i pension fullt påklädd.

"Jag är full av bönor, Tibbles."

"Det är du verkligen, men varför?"

"Åh, saker och ting ser ljusare ut. Jag berättar mer senare."

Tibbles insisterade på att ta av sin mästares kläder. Han ersatte dem med Anglophones favoritpyjamas i röd satin.

När hans husse hade lagt sig under täcket satte Tibbles igång speldosan. En kör av Lullaby och Goodnight sjöng ut från apparaten.

Fem vindar borde räcka, tänkte han.

Tibbles plockade upp Anglophones kläder och lämnade rummet. Han tittade på sin klocka. På hans herres begäran skulle en ny flicka börja om några timmar. Han återvände till sitt rum.

Kapitel 47

RIBBY GäSPADE OCH STRäCKTE på sig. Ovanför henne i taket gick mönster av spökliknande figurer i oändliga cirklar. Hon betraktade dem med en känsla av nyfikenhet.

Du känner dig hemma här, avslappnad, men du måste vara på din vakt. Var försiktig för Teddy är inte drömprinsen. Han är mer som farfar charmig.

Det är oförskämt och du är paranoid.

Ribby sniffade på sina armhålor och gick sedan in i duschen. Ribby klädde på sig och fönade håret och tänkte på Martha igen.

Hur kan du sakna den gamla väskan?

Oavsett vad, så är hon fortfarande min mamma.

Du är för tillitsfull! Och ibland är du en sentimental dåre.

Jag känner att jag borde ringa henne. Hon var säker på att saker skulle hända.

Hon vet var du är, om hon behöver dig så ringer hon.

Ribby återvände till rummet och tittade ut genom fönstret. Hon såg Stephen vid sidan av limousinen.

En knackning på dörren avbröt hennes tankar. "Vem är det?"

"Vill ni äta frukost på ert rum denna morgon, fröken?"

"Är Mr Anglophone fortfarande borta?"

"Han har återvänt, men han är indisponerad. Eftersom ni äter ensam, skulle ni föredra att äta i trädgården?"

Ribby öppnade dörren och möttes av en ung flicka med ett vänligt ansikte. "Det är en underbar idé. Du är ny, eller hur? Vad heter du?"

"Ja, det är jag. Jag är A-Abbey, fröken. Mitt namn är Abbey."

"Ja, Abbey, det gläder mig att få göra din bekantskap", Ribby gjorde en paus när hon hörde någon närma sig. Det var Tibbles.

"Kan jag stå till tjänst?"

"Nej tack. Abbey har allt under kontroll."

Tibbles kastade en blick i Abbeys riktning och flickan darrade. Sedan avskedade han sig själv med en bugning och försvann runt hörnet.

"Det är min första dag. Tack, fröken."

"Varför då?" Ribby frågade med ett leende. "Eftersom vi båda är ganska nya här - kan vi lära oss tillsammans," när hon bjöd in flickan till sitt rum.

"Jag ska göra i ordning allt, fröken. Om femton minuter?" Abbey knäböjde. Hennes ögon log när Ribby talade igen.

"Ja, jag kommer snart", sa Ribby och stängde dörren bakom sig. Hon bjöd in Abbey att sitta ner och göra henne sällskap.

Hon är hjälpen, Rib, var inte löjlig.

"Men, fröken, det kan jag inte", sa flickan och tittade åt sidan som om hon förväntade sig att Tibbles skulle dyka upp när som helst.

"Inte ens om det var en order?" sa Ribby med en blinkning.

Försöker du få den här tjejen sparkad?

"Fröken, det skulle vara fel. Tibbles är min överordnade", viskade hon.

"Jag förstår. Det Tibbles inte vet skadar honom inte, eller hur? I morgon kan du ta med frukosten till mitt rum om mr Anglophone inte äter."

"Det skulle vara mig ett nöje", sa Abbey lättad.

Man ber inte personalen att äta med en. Dumma dåre. Jag tål inte heller Tibbles, men han är Anglophones högra hand.

Jag bryr mig inte.

Allt jag säger är att kära Teddy inte kommer att gilla det.

Jag korsar den bron när jag kommer till den.

Kapitel 48

E FTER NåGRA TIMMARS SÖMN tillkallade Anglophone Tibbles.

"En fest! I kväll. Här. I dag. Catering. Här är gästlistan. Säg åt dem att de måste komma...jag menar alla som är någon. Skicka eller dela ut inbjudningarna omedelbart. Min chaufför står till er tjänst. Ring de tio viktigaste gästerna. De måste komma. Förstått?"

"Ja, det kommer att göras. Så du har bestämt dig för att hon är den rätta?"

"Jag har väntat på att tajmingen skulle vara rätt, och ikväll är det dags. Jag känner det i mina ben. Det är dags att berätta för alla och envar om återöppnandet av biblioteket. Samtidigt ska vi presentera vår nya chefsbibliotekarie, min fästmö."

"Och fröken Angela, ska jag informera henne om dina planer?"

"Hon är medveten om min avsikt att tillkännage hennes nya position och vår trolovning."

Tibbles fluffade till kudden och lade den bakom Anglophones huvud.

"Jag vill överraska henne med allt. Säg åt modefolket att vara här kl. 17.00 - varken tidigare eller senare. Festen börjar prick kl. 20.00. De som kommer för sent kommer inte att släppas in. Se till att de förstår att PROMPT betyder PROMPT", sa Teddy. "För tillfället är jag alldeles för uppspelt och behöver vila. Var snäll och lämna mig till klockan 3. Vid den tiden kan du förbereda Afternoon Tea för Miss Angela och mig i trädgården."

"Ja, sir", sade Tibbles med en bugning. "Vill du att jag ska dra i speldosan, så att du kan somna om?"

"Naturligtvis, naturligtvis Tibbles. Tack, Tibbles. Tre varv borde räcka, det är ju trots allt bara en tupplur."

Efter att ha dragit upp speldosan bugade sig Tibbles ut ur rummet. Han mumlade för sig själv när han letade efter damm i trappräcket på vägen ner.

Det fanns inget.

Tibbles satte sig i foajén och gick igenom detaljerna kring festen. Han hade redan ordnat med catering. Allt började falla på plats.

EN STUND SENARE FÖRSÖKTE Anglophone sova. Hans privata linje ringde. Han väntade på att telefonsvararen skulle gå igång. När den inte gjorde det gick han upp ur sängen för att svara.

"Hej, Teddy", sa Martha. "Jag vet att du sa att jag bara skulle ringa dig på den här linjen om det var en nödsituation."

"Jag lyssnar."

"Jag behöver din hjälp."

"Hur så?" Teddy frågade.

"Jag sitter i fängelse, anklagad för att ha mördat min syster och mannen som våldtog henne. Jag svär att jag inte gjorde det. Jag svär."

"Jag förstår, men jag vet inte hur jag kan hjälpa dig. Vill du att jag ska anlita en advokat?" Anglophone gick och gick. Att ha fått sin tupplur avbruten gjorde honom arg.

"Jag ringer dig för att jag kommer att åka dit för det här. Jag erkänner mig skyldig och min advokat säger att det inte dröjer länge förrän domaren dömer mig."

"Hur kan din situation ha något med mig att göra? Jag är en upptagen man."

"För 34 år sedan plockade du upp en ung flicka. Hon var genomblöt. Hon var strandsatt på vägen sent på kvällen."

"Nej, jag har inte för vana att plocka upp passagerare i min limousine."

"Du körde. Åh, du minns inte. Men jag minns. Det var jag som körde. Du plockade upp mig och tillsammans... Du är Ribbys pappa."

Anglophone föll tillbaka på sängen i vantro. Han vred och vände på hjärnan för att försöka minnas. Det var ett trick. Han visste att det var ett trick. "Vad körde jag för bil?"

"Det var en Mercedes Benz. Grå."

Det var sant.

"Den kvällen räddade du mitt liv på mer än ett sätt. Du måste tro mig. Jag måste veta att du tar hand om henne. Hon är din dotter. Kan du göra det för mig? Och lovar du mig att aldrig berätta för henne att jag är här inne?"

"Jag vet inte vad jag ska säga. Jag är mållös." Han gick fram och tillbaka. "Varför erkänna något som du inte har gjort? Varför hindra din egen dotter från att besöka dig?"

"Det är allt jag ber dig om."

"Lämna det till mig. Låt mig tänka på det. Om hon är min dotter..."

"Det är hon. Definitivt." Hon tog en paus. "Och tack."

Anglophone slängde på luren.

Den oförskämda slampan. Hur vågar hon göra så här mot mig?

Teddy kunde inte sova. Hans huvud dunkade. Han var benägen att få migrän vissa tider på året och Marthas nyheter hade gett honom en rejäl smäll.

Han ringde efter Tibbles.

Tibbles uppfattade genast sin herres tillstånd. "Såja", sa han, "allt kommer att se bättre ut om några timmar." Han erbjöd en snaps whiskey och en sömntablett. Anglophone drack ner det i en klunk och gav sedan tillbaka glaset till sin betjänt.

När Anglophone var lugn och tyst drog Tibbles upp speldosan och städade upp i rummet.

"Något annat, sir?"

Anglophone hade redan somnat.

Tibbles log och stängde dörren bakom sig.

* * *

*T*IBBLES DUBBELKOLLAR SIN ATT-GÖRA-LISTA *för festen samtidigt som han tänker på sin nyaste medarbetare, Abbey. Han lade tidigare märke till de två unga kvinnorna som viskade. Det kunde vara både bra och dåligt. Han visste att han inte var populär och ändå hade hans engagemang för Anglophone inga gränser.*

Abbey hade kommit med goda rekommendationer från ett hushåll i staden. En lokal flicka som han hoppades skulle hålla ett öga på Miss Angela.

När han fann henne i trädgården var han både nyfiken och upprörd. "Fröken Angela, hur kommer det sig att ni äter frukost i trädgården idag?"

"Det var m-m-min idé", erkände Abbey och avbröt honom. "Det är en så vacker morgon!"

Tibbles gav henne en tvär blick och fortsatte att tilltala Ribby. "Afternoon Tea kommer också att serveras i trädgården. Mr Anglophone ville att det skulle bli en överraskning - så var snälla och se överraskade ut. Han kommer att göra er sällskap."

"Åh, ursäkta mig. Man kan inte äta ute tillräckligt ofta när det är fint väder som idag", sa Ribby och blinkade åt Abbey.

"Då så", sa Tibbles och ursäktade sig.

"Usch! Det var nära ögat", sa Abbey och torkade sig i pannan.

"Oroa dig inte, Abbey; jag kan hantera käre gamle Tibbles. Fortsätt komma med idéer. Jag ska lägga in ett gott ord för dig hos mr Anglophone."

"Tack, Ma'am", sa hon och kunde inte dölja spänningen i rösten.

"Inget av det där Miss eller Ma'am Abbey, inte när vi är ensamma. Vi är ju trots allt vänner."

"Vänner", sa de två flickorna unisont.

Sätt munkavle på mig med en sked.

Kapitel 49

ANGLOPHONE VAKNADE FRÅN SIN tupplur och kallade på Tibbles.

En vanlig dag drog Anglophone i kallelsesnöret en gång. Om det var en nödsituation drog han i snöret två gånger. Idag drog han i den tre gånger.

Tibbles snubblade över sina egna fötter när han kastade sig längs korridoren. Han önskade att han kunde flyga. I sina armar bar han alla sina planer och bekräftelser för säsongens fest. Allt var perfekt. Han hade åstadkommit mer än han hade tänkt sig. Alla societetsmedlemmars närvaro var bekräftad. Han längtade efter att få berätta alla detaljer för honom.

Tibbles knackade på och stack sedan in huvudet. Anglophone låg fortfarande i sängen. Täcket var uppdraget till halsen och han hade en mjölkvitt hy.

"Tibbles, jag mår inte bra, inte bra alls. Det snurrar i huvudet och jag är rädd..."

"Ursäkta mig, sir", avbröt Tibbles, "Kan jag ge dig några fler tabletter?"

"Nej, nej, Tibbles. Det här är inte den sortens huvudvärk som går över i första taget. Jag kommer att vara borta från jobbet resten av dagen. Jag vill vara ensam. I mörkret."

"Men i kväll, sir", protesterade Tibbles. "Festen."

"Ställ in den."

"Men..."

"JAG SA C-A-N-C-E-L DEN!"

"Nåväl, sir", sa Tibbles och bet ihop ilskan i halsen medan han bugade sig ut ur rummet. Han stängde dörren och gick.

Tibbles ringde Viveca Hartman på The Local Voice. Han bad om hennes hjälp med att få ut budskapet.

"Jag ska göra allt jag kan för att hjälpa till", sa Hartman.

"Tack så mycket", svarade Tibbles.

Kapitel 50

V IVECA AVSLUTADE SITT SAMTAL med den ökände Theodore P. Anglophone's Manservant, Tibbles. Hon skyndade sig till stadsredaktören Frank Munsons kontor och berättade de senaste nyheterna för honom.

"Så du menar att berätta det för mig", sa den tunge Munson och rökte på sin stogie. "Anglophonevenemanget i sista minuten har ställts in?"

"Anglophone är sjuk."

"Jag har sett honom i stan och han är frisk som en nötkärna. Det sägs att han har ihop det med en ung tjej som han tog med sig från stan. Hon bor hemma hos honom. Gud vet vad Anglophone håller på med", sa Munson och puffade sedan ut en rökring och såg hur den bolmade.

"Tja, vi får vänta och se. Och när de bokar om ska jag se till att komma dit och ge dig ett scoop. Jag kanske ska kolla upp flickan. Jag undrar om hon känner till Anglophones historia?"

"Ingen kunde sätta dit honom för det senaste mordet, men han var misstänkt. Om det inte vore för hans pengar, som betalade alla, skulle de ha åtalat honom. Kvinnan mördades trots allt i hans lokaler. De två var de enda som hade nycklar till biblioteket. Han såg också skyldig ut som fan. Jag, för min del, skulle verkligen vilja öppna det här fallet på vid gavel och ge kvinnan rättvisa."

"Min pappa kände att Anglophone definitivt dolde något. Sanningen kommer förmodligen aldrig att bli känd", sa Viveca med ånger. "Den här nya tjejen där uppe med honom, jag gillar det inte."

"Den stackars flickan!" sa Munson och kunde inte längre dölja sin upphetsning över den nya informationen. "Låt oss gå in dit och se vad vi kan få reda på. Du, varför börjar du inte ta en promenad på det sättet, se om du kan få syn på henne. Kolla upp situationen. Kan du göra det, Hartman?"

"Jag ska göra vad jag kan. Jag vill hålla låg profil", sa Viveca med övertygelse.

"Om någon kan ta reda på vad som pågår så är det du", sa Munson medan han stoppade den tända delen av cigarren.

"Ransonerar din fru dem fortfarande?" frågade Viveca med ett flin.

"Ja, men det hon inte vet skadar henne inte."

"Righto." Viveca gick mot utgången.

Munson lade tillbaka den delvis rökta cigarren i cellofanförpackningen. "Åh, och rapportera till mig om detta en gång om dagen - låt oss försöka sätta dit den här s.o.b."

"Ja, sir", Viveca stängde dörren bakom sig.

Hon kände sig otroligt glad över sitt samtal med Munson eftersom han hade stor tilltro till hennes förmåga. Hon hade kommit upp utan mycket erfarenhet, men med kontakter och en stark önskan att bli reporter. Hon hade arbetat sig upp från korrekturläsning till den sociala sidan, men hon ville ha mer.

Det här är min chans och jag tänker inte sumpa den!

Viveca, som bodde ensam i ett tvåvåningshus i Port Dover, satte sig i sin bil och körde hem. Hon gick upp för trappan och tänkte på hur glad hon var över att bo ensam. Hon hade planerat en lugn kväll.

Det var oväntat för henne att komma hem och se sin pappa vänta. Hennes pappa bodde i Brantford, fyrtiofem minuter bort.

"Hej pappa", sa Viveca.

"Viv, kul att se dig. Jag hoppades att vi kunde äta middag tillsammans ikväll", sa Frank Hartman. Bakom ryggen tog han fram en stor bukett blommor. "Jag tänkte att de här kanske skulle pigga upp ditt bord."

"Det blir bönor på rostat bröd ikväll, pappa", sa Viveca. Han reste sig och hon kysste honom på toppen av hans skalliga huvud.

"Åh, det är en gourmetmåltid då." Frank skrattade också och flyttade sig åt sidan så att hans dotter kunde komma förbi och låsa upp ytterdörren. "Vet du, Viv, om du gav din pappa en kopia av din nyckel, så skulle jag kunna laga en gourmetmåltid åt oss och överraska dig. Äggröra på rostat bröd."

De skrattade, glada över att vara i varandras sällskap.

"Men pappa", retades Viveca, "tänk om jag var på en dejt? Du skulle känna dig hemsk för att du trängde dig på och jag skulle känna mig så skyldig."

"Ah, om du hade en dejt skulle jag gärna se att du gick ut. Jag är stolt över dig, Viv, men jag tycker att du är bortkastad på den där societetssidan. Du förtjänar mer."

"Jag vet, jag vet, pappa", sa Viveca, medan hon hällde de bakade bönorna i en mikrovågsskål och ställde in timern på två minuter. Hon stoppade in två brödskivor i brödrosten och tryckte ner spaken. "Två minuter till middag. Cabernet Sauvignon, okej? Eller föredrar du Chardonnay?" När de två minuterna hade gått rörde hon om i bönorna och satte sedan tillbaka dem i mikrovågsugnen i ytterligare trettio sekunder.

"En flaska öl skulle passa mig bra." Frank öppnade en burk öl åt sig själv. "Kall öl och bakade bönor på rostat bröd med HP-sås på sidan - det kan inte bli mycket mer gourmet än så!"

Viveca smörstekte toasten och hällde sedan de bakade bönorna över skivorna. Det var en brittisk rätt, hennes mammas favorit. Hon och hennes far delade ofta på den. Utan att nämna hennes namn var det som om hennes mamma satt vid bordet med dem.

Frank hämtade bestick från lådan och de satte sig ner för att äta.

"Så, vad är nytt med dig?" frågade han.

"Inte mycket, förutom jobbet. Jag håller på med en ny historia. Hur är det med dig, pappa? Vad är nytt för dig?"

"Mitt liv är detsamma, detsamma, men den nya historien låter intressant. Berätta mer."

"Jag hatar att prata affärer med dig, pappa. Du måste ju ha något intressant att berätta för mig. Vad händer i din trädgård? Jagar gamla Lady Warner dig fortfarande runt i grannskapet?"

Frank lade sin kniv och gaffel på sidan av tallriken. Drack några klunkar öl.

"Förlåt, nu har jag gjort dig generad." Viveca hällde upp lite mer vin i sitt glas och tog en klunk. "Okej, vi ska prata om mig. Om arbetet. Min berättelse handlar om Theodore Anglophone."

"Vad har han för sig den här gången?"

"Lustigt att du säger det. Träffar du honom fortfarande ofta, pappa?"

"Inte på sistone. Han har varit ganska mycket av en enstöring sedan incidenten på biblioteket. Han åker in till stan där han inte är så välkänd. Jag har hört att han har en annan ung flicka som bor hos honom, Viv. Är det sant?" Han tog en ny klunk öl och stirrade på Vivs ansikte.

"Det är sant, och min chef har bett mig att ta reda på mer om henne."

Frank svalt, kvävdes nästan. "Du vill inte ha en anglophone som fiende, inte i den här stan, Viv. Så ta det försiktigt. Kom ihåg att du kan fånga fler flugor med honung än med vinäger. Ett gammalt talesätt, men helt sant." Han hostade för att rensa tankarna och tog sedan en ny munfull mat.

"Jag vet, pappa. Jag vill inte heller riskera den här möjligheten. Som du sa, jag behöver komma bort från den sociala sidan och övergå till något annat, något mer utmanande. Något mer ME." Hon flyttade runt maten på tallriken och tänkte på utsikterna till en ny berättelse som kunde förändra hennes liv.

"Jag hjälper till på alla sätt jag kan. Men jag har alltid trott att kvinnan som dog i biblioteket var en försummelse från Anglophones sida. Det måste ha varit en mörkläggning. Det är obegripligt att någon skulle råna ett bibliotek och binda fast henne. Vi kanske gjorde fel mot den kvinnan genom att låta honom säga det han sa om henne. Det kändes aldrig rätt, trots att jag och Anglophone har varit bekanta i flera år. Han har inte varit sig själv sedan dess - springer för att få kvinnor, tar med dem tillbaka. Tar ut dem och visar upp dem som uppvisningshästar. Det är rent ut sagt skamligt", sa han och sniffade som om en dålig lukt hade trängt in i hans näsborrar.

"Jag vet, pappa. Tack för rådet. Nu är jag trött och vill gå och lägga mig. Ska du sova över?"

"Efter två öl skulle jag inte vilja köra."

"Då blir det gästrummet. Lämna disken."

"Du borde skaffa en diskmaskin."

"Jag har redan en! God natt, pappa", sa Viveca och pussade sin pappa på kinden.

"God natt, älskling."

Kapitel 51

P å VÄG TILLBAKA TILL sitt rum efter frukosten ringde telefonen i korridoren och Ribby svarade.

"Stephen?" Paus från en kvinnoröst. "Stephen?"

Ribby öppnade munnen, men innan hon hann säga något ryckte Tibbles telefonen ur handen på henne.

"Hallå?" Tibbles väntade. "Det här är den engelskspråkiga bostaden." Någon var där. Han kunde höra dem andas. "Miss Angela, du får inte svara i telefon i det här huset. Du är en, en, boende och vi är personalen. Låt oss göra vårt jobb."

"Ursäkta mig, Tibbles."

Tibbles höll telefonen i sin hand. "Sa personen i andra änden någonting?"

"Inte ett dugg", sa Ribby när hon gick därifrån.

"Om du vill ha lite sällskap, fröken, står Abbey till ditt förfogande."

"Nej tack. Jag vill gå själv."

När hon hade gått satte Tibbles telefonen mot örat igen. Ytlig andning. "Rosemary?"

"Ja."

"Jag sa åt dig att inte ringa hit."

"Jag vet, men jag är desperat. Jag måste komma bort från den här gudsförgätna platsen. Jag håller på att bli galen."

Tibbles gick runt och talade så tyst han kunde. "Du måste helt enkelt be honom att hjälpa dig."

"Det gjorde jag, och han erbjöd sig att skicka mig några böcker. Jag behöver inte böcker för att distrahera mig, jag behöver komma härifrån. Jag skulle kunna åka utomlands. Ingen skulle känna igen mig."

"Jag kan inte hjälpa dig. Jag måste gå." Han gjorde tecken åt mig att lägga på luren.

"Vänta!" utbrast Rosemary.

Han flyttade tillbaka telefonen till örat igen. "Du vet, vad han gjorde mot mig."

Tibbles tvekade. "Jag måste gå. Ring inte hit igen." Han lade på luren.

Tibbles gick till fönstret och tittade ut. Ribby satt i en stol på verandan. Han gick in i köket.

Tycker du att vi ska berätta för Stephen om telefonsamtalet?

Jag vet inte riktigt.

Den som ringde kanske inte heller gillar Tibbles.

Hm, det kan du ha rätt i.

Ribby pekade i riktning mot limousinen. När hon närmade sig kunde hon se Stephen sova bakom ratten med sin chaufförsmössa över ögonen.

Ribby lutade sig in genom det öppna fönstret.

Om vi måste väcka honom, gör det åtminstone med en kyss. Ingen skulle få veta.

Hon rensade halsen. Har du blivit galen?

Kolla in de där läpparna. "Vakna vakna", sa Angela när Stephen vaknade till och tog bort hatten från ansiktet.

Stephen gjorde en dubbel take.

"För en stund sedan frågade en kvinna efter dig på telefon."

"Jaså?"

"Tibbles tog den ur min hand. Hon måste ha lagt på då."

Stephen tog tag i ratten.

"Allt hon sa var ditt namn."

"Sa du till honom att hon frågade efter mig?"

"Nej."

"Tack för att du berättade det för mig." Hans arm snuddade Ribbys armbåge. "Åh, förlåt."

"Uh, det gör inget." Hon pausade och lutade sig in, nyfikenheten tog överhanden, "Så, vet du vem det var?"

"Ja, fröken. Det var min mamma."

Kapitel 52

T IBBLES STRÄNGA OCH RIGIDA version av ett spindelvävskänne började pirra. Han var säker på att Angela hade ljugit, men varför? Han flyttade sig till ett fönster i det främre rummet när Angela gick därifrån. Han fortsatte att titta på henne. Hon stannade för att prata med Stephen. Det var intressant. När hade de blivit vänner? Eller hade de blivit det?

Sedan insåg han vad som pågick. När Miss Angela svarade i telefonen hade Rosemary talat. Hon hade faktiskt uttalat Stephens namn och nu var Miss Angela där ute och förmedlade detta meddelande. Ännu mer intressant.

Tibbles tänkte att det bästa var att hålla pojken sysselsatt. Han bestämde sig för att ge Stephen en uppgift.

Anglophone hade varit mycket tydlig. Han fick inte bli störd. Han skulle informera honom i sinom tid. Beröm eller till och med en ekonomisk belöning kunde vara på sin plats.

Tibbles fortsatte genom huset och fann Abbey i full färd med att damma. Han bad henne att gå ut och hålla Miss Angela sällskap under hennes promenad.

"Om hon gick ut ensam Mr Tibbles, vill Miss Angela förmodligen vara för sig själv."

"Beordrade hon dig att inte följa med?" Tibbles uppmanade henne att lägga ifrån sig dammduken och ta av sig förklädet.

"Nej, sir", sade Abbey. Hennes fötter hasade sig fram medan hon gick sin väg.

Tibbles ropade: "Upp med fötterna, din dumma flicka."

Han ledde henne till och ut genom ytterdörren.

"Ja, herr Tibbles", sa Abbey.

Eftersom hon inte kunde se Angela frågade hon Stephen var hon var.

Stephen pekade. "Jag tror dock att hon ville ha lite tid för sig själv."

"Det var det jag sa till mr Tibbles - han insisterade."

Stephen skrattade.

S TEPHEN SÅG ABBEY GÅ därifrån och tänkte på Tibbles. Inte undra på att personalen i huset hade så hög omsättning. Andra var inte som han. Andra var inte skyldiga Anglophone allt. Utan Anglophone hade han aldrig haft råd att låta sin mamma bo på ett så dyrt vårdhem.

Hans blick följde Abbey när hon närmade sig Angela som nu tittade ut över vattnet. När hon närmade sig kanten fick en beskyddande instinkt honom att oroa sig för att hon skulle falla.

Hans telefon ringde. En kallelse från Tibbles. Han tog sig in.

"Stephen, jag vill att du hämtar några saker", sa Tibbles och ställde sig över Stephen för att visa sin auktoritet. "Mr Anglophone är indisponerad. Här är listan."

Tibbles räckte över den. Stephen kastade en blick på lappen innan han stoppade den i jackfickan.

"Det ger dig något att göra, eftersom du är ledig."

"Inga problem, herr Tibbles." Stephen gick ut. Han skulle hämta sakerna och sedan vara tillbaka direkt, efter att han kollat till sin mamma.

Kapitel 53

Nästa dag bestämde sig Viveca för att ge sig ut i det engelskspråkiga området. Hon skulle ta den natursköna vägen längs vattnet. Hon vevar upp fönstret och sätter på sig solglasögonen. Solen stod högt och molnen var få. Längs vägkanten står vildblommor utspridda i lila, gult och blått.

Det var en behaglig resa med lite trafik. När hon svängde runt hörnet till platsen med den mest spektakulära utsikten lade hon märke till en ung kvinna som hon aldrig hade sett förut.

Det måste vara hon. Hon saktade ner till krypkörning.

En andra flicka mötte upp med den första. Yngre. De två omfamnade varandra och gick sedan längs stigen.

Viveca stannade och parkerade sin bil under en mycket lummig lönn. Hon gick en bit i sina högklackade skor och minskade avståndet mellan sig själv och de två kvinnorna. När hon var tillräckligt nära för att de skulle höra henne ropade hon "Aj!" och gick ner.

De hade inte hört henne. Hon försökte igen. "HJÄLP!"

De två flickorna vände sig om och gick fram till henne. Hon sträckte sig efter handväskan och tryckte på inspelningsknappen. Okej grabben, nu kommer de, så det är bäst att du gör det här bra. Hon gnuggade fotleden med ena handen för att få upp blodet till ytan och borstade bort krokodiltårarna med den andra.

"Behöver du en ambulans?" frågade Ribby.

"Åh, jag är så klumpig", sa Viveca. Hon försökte resa sig upp. "Min fotled, jag tror att den är stukad. Jag såg framför mig hur jag skulle bli fast här ute hela natten med prärievargar som ylade omkring mig tills jag fick syn på er två."

"Vilken fantasi", sa Ribby när hon böjde sig ner för att ta en titt.

Abbey gjorde detsamma. Den såg lite röd ut.

"Jag heter Viveca, Viveca Hartman, förresten." Hon sträckte fram handen.

"Jag heter Abbey och det här är Angela. Trevligt att träffas."

En fiskmås flög runt Vivecas huvud och irriterade henne med ett skrik. Hon sköt bort den.

"Åh, får jag?" frågade Abbey.

Viveca nickade.

Abbey böjde sig ner och masserade den i några sekunder. "Så där ja, är det bättre nu?"

"Ja, tack", sa Viveca.

"Var är din bil?" Ribby frågade.

"Jag parkerade den där borta i skuggan." Abbey hjälpte Viveca när hon försökte stå upp. När hon var upprätt sade hon: "Jag är reporter, förstår du, och jag gör ett reportage om naturliga underverk. Jag har hört att utsikten härifrån är spektakulär."

"Det är den", sa Ribby. "Nästa gång borde du ha mer passande skor."

Ja, som du gjorde när du gick hela vägen tillbaka från biblioteket.

Håll käften.

De hjälpte Viveca till hennes bil.

"Det var trevligt att träffas och tack så mycket för att du hjälpte denna dam i nöd. Åh, här är mitt visitkort om du någonsin vill komma i kontakt."

"Tack så mycket. Är du säker på att du kan köra?" frågade Abbey.

"Ja, tack så mycket. Eftersom det ligger i närheten undrar jag om ni tjejer vet något om biblioteket. Jag har hört att det kanske öppnar igen?"

"Nej, vi vet ingenting om det", sa Ribby.

"Tja, det har varit stängt i flera år. Under misstänkta omständigheter. Det får en att undra över den nya bibliotekarien."

"Vad är det du insinuerar?" frågade Ribby.

"Jag undrar bara om hon, jag menar den nya bibliotekarien..."

"Vad får dig att tro att den nya bibliotekarien är en kvinna?" frågade Ribby.

"Åh, rykten. Jag skulle verkligen vilja prata med henne. Kanske till och med göra en intervju för tidningen."

"Tyvärr, vi kan inte hjälpa dig. Vi måste tillbaka nu. Lycka till med din artikel."

"Jag hoppas att din fotled blir bättre snart", tillade Abbey.

"Ah, ja, tack för hjälpen. Hoppas att vi ses igen någon gång."

När Viveca satt i sin bil gick Abbey och Ribby därifrån.

"Mycket märkligt", sa Ribby och tittade tillbaka över axeln.

"Jag skulle inte ge det en tanke till", svarade Abbey.

"Jag vet", sa Ribby med rynkad panna. "Det känns som om hon redan visste vem jag var. Som om hon var på en fiskeexpedition."

"Du har rätt, men hon är borta nu. Dessutom slår jag vad om att Tibbles sitter och väntar på mig där bak. Jag tror inte att han förväntade sig att jag skulle vara borta från huset så länge."

"Åh, han ville att du skulle följa efter mig. Du är hans lilla spion", sa Ribby och lade armen om Abbeys axel.

"Det skulle jag aldrig göra", sa hon, förskräckt över förslaget.

"Självklart, men han vet inte att vi är vänner."

"Jag kommer definitivt inte att berätta för honom om den där reportern."

"Jag ska låta herr Anglophone veta att vi träffade henne här uppe. Det har inte Tibbles med att göra."

De rundade gången som ledde upp till herrgårdens framsida och gick in.

Kapitel 54

STEPHEN ANLÄNDER TILL SJUKHUSET och ber att få träffa sin mor. Hans begäran avslogs. Han blev upprörd och orsakade en scen.

Två stora, kraftiga anställda av dörrvaktstyp lyfte upp honom från marken bakifrån och förde bort honom från platsen.

"Ring min arbetsgivare, Mr Theodore Anglophone. Ring honom!"

"Visst, det ska vi göra", sa den mindre av de två männen när Stephens kropp landade med en duns på asfalten.

Hans däck gnisslade när han körde iväg från sjukhuset. Han hade kört hela vägen tillbaka till godset. Han brydde sig inte om hur många stenar som studsade mot bilen på vägen.

VIVECA DUNKADE HÄNDERNA MOT ratten. Hennes plan hade inte gått så bra. Hon hoppades att hon inte hade sumpat hela affären.

Jag måste varna den där tjejen, så jag får prata med pappa och se om han kan hjälpa mig att få in en fot i dörren, tänkte Viveca. Om jag fortsätter så här kommer jag aldrig att bli befordrad.

Hon ställde in telefonen så att alla samtal automatiskt skulle gå till högtalaren. Hon flyttade sätet närmare när hon körde ut från parkeringsplatsen under trädet. Nästan hela vägen tillbaka ringde hennes telefon och hon öppnade luren.

En mötande svart limousine körde över mittlinjen och in i hennes körfält.

Limousinföraren fick stora ögon och vevade på ratten samtidigt som hon gjorde det. De två bilarna passerade med en centimeters mellanrum.

"Whoa! Se upp! Din galna jävel!" skrek Viveca.

"Jag hoppas verkligen att du inte pratar med mig", sa Munson.

"Nej, chefen, det var Anglophones chaufför. Han slog nästan ut mig!"

"Vad är det med honom?"

"Ingen aning, men jag är glad att vi är på väg åt olika håll."

"Så, hittade du henne?"

"Ja, det gjorde jag."

"Och?"

"Jag gjorde lite av en produktion av det. Låtsades att jag stukade fotleden."

"Oj då. Gick hon på det?"

"Det verkade vara tillräckligt övertygande."

"Och hurdan var hon?"

"Hon heter Angela. Verkade trevlig, om än naiv."

"Inte en social klättrare alltså? Eller en lokalbo?"

"Nej, inte alls. Hon är annorlunda. Jag tror att hon är runt trettio, tyst och lågmäld. Hoppas att jag inte gick för hårt fram och stängde av henne."

"Fan också, Viveca, din sociala träning borde lära dig hur man hanterar kniviga situationer. Jag hoppas att du inte gjorde bort dig och om du gjorde det, fixa det."

"Visst, chefen", sa hon när han kopplade ner. Hon åkte hem.

TILLBAKA I HUSET BESTÄMDE sig Stephen för att gå raka vägen in och erkänna för Anglophone. Om han tog sitt ansvar och erkände sin indiskretion skulle Anglophone vara förstående. Anglophone hade en svaghet för hans mor. Han skulle hjälpa till att reda ut det.

Men om han nämnde telefonsamtalet skulle han avslöja Miss Angela; att hon hade kommit till honom och berättat om samtalet.

Så jag kan inte nämna samtalet. Jag måste berätta för honom att jag hade en magkänsla av att mamma var i fara. En sons instinkt. Jag var tvungen att åka och träffa henne där och då. Anglophone kommer säkert att kunna förlåta mig.

Stephen gick in. Det fanns ingen där. Han återlämnade sin post.

Kapitel 55

A NGLOPHONE VAKNADE OCH ROPADE på Tibbles.

Tibbles var i köket och korsförhörde Abbey. Anglophones ständiga klockringning avledde hans uppmärksamhet.

Tibbles pekade med fingret i Abbeys ansikte. "Vi är inte klara! Stå stilla! Det är en order!"

När han kom fram till Anglophones dörr kraschade något hårt på insidan. Tibbles tryckte upp dörren och vilken syn han fick se.

En mer än vanligt otålig Anglophone hade dragit ner klockringningsapparaten från taket. Där satt han, med rött ansikte bland gips och bråte.

"Jag är ledsen, sir", sade Tibbles.

Anglophone blängde och skrek. "Naturligtvis är du det, Tibbles. Du är alltid ledsen, men det hör inte hit. Berätta nu för mig varför sjukhuset ringde mig på mitt privata nummer för att klaga på en av mina anställda?" Han pausade för effekt och när det inte kom någon reaktion från Tibbles.

"JAG, JAG..."

"Stephen orsakade en hel del rabalder."

"JAG, JAG..."

"Du Tibbles, vad har du att säga till ditt försvar? Varför skickar du iväg min personal på min lediga tid? Eller körde min chaufför iväg från mina lokaler av egen fri vilja? Förklara dig själv, man!"

"Jag, vi behövde några saker till hushållet. Du var indisponerad. Stephen var ledig. Han hade specifika instruktioner. Jag hade ingen aning om att han skulle missbruka min tillit." Han tog en paus. Svett droppade nerför hans panna. "Ditt förtroende. Han är en impertinent...."

"Det är han, men du, Tibbles, är en klumpig dåre! Nu tillrättavisar du Stephen. Sätt honom i arbete med att klippa gräs de närmaste två veckorna och ge mig en annan förare som ersätter honom. Och en lönesänkning. Han får femtio dollar mindre i lön, och som hans medbrottsling får du det också. Få upp någon hit och fixa den här saken...och glöm inte sömntabletterna. Gå nu innan jag gör det till hundra!"

En stund senare låg Ribby och sov på golvet i biblioteket i huset med öppna böcker som ramade in hennes form.

De sömntabletter som Anglophone hade bett Tibbles att lägga i hennes te hade varit effektiva. Allt han behövde var några minuter för att ta ett prov medan de gjorde i ordning hans rum och sedan skulle han veta om Angela var hans dotter.

Anglophone stod över henne, tittade på henne, ville ha henne så mycket att det värkte i honom. Han kunde inte vara den här flickans far. Det var omöjligt. Blotta tanken på att han kunde bli attraherad av sitt eget kött och blod...

När han stirrade på henne kom ett minne av Martha tillbaka. Hon hade berättat sanningen. De hade träffats tidigare. Varför hade han inte kommit ihåg henne förrän hon nämnde det? Så var det med minnen när man åldrades, de kom och gick utan rim och reson.

Han smekte Ribbys hår och undrade. Han fortsatte att röra vid hennes handrygg medan han rullade upp ärmen på hennes blus.

Flaskan väntade och nålen var redo.

Vakna, Ribby. Vakna, Ribby! Den gamle jäveln är det. Han är....

"Min kära Angela", viskade Anglophone när han stack in nålens spets i hennes ven. Blodet rann ner i flaskan. Han tittade på hennes sår och böjde sig över henne och slickade det öppna såret med tungan. Blodet smakade sött, som Angela. Han kände hur det började sticka i byxorna och visste att han måste ta sig därifrån. Han hatade att se henne så obekväm på golvet hela natten.

Han samlade ihop provet och satte etiketter på flaskan. Han plockade upp hennes telefon som låg på bordet.

Tibbles stod utanför dörren när Anglophone gick ut. "Fordonet du beställde väntar på instruktioner."

"Ett ögonblick", Anglophone säkrade proverna i kylväskan. Han gav dem till Tibbles. "Säg åt chauffören att köra direkt till labbet. Jag har redan informerat min kontakt på labbet om att detta har hög prioritet. Jag förväntar mig ett omedelbart svar." Han gjorde en paus. "När du är klar, ta upp henne till hennes rum. Och", han gav Tibbles hennes telefon. "Lägg undan den på ett säkert ställe tills jag säger något annat."

Tibbles nickade, "Jag har gömt den då och då, som du bad mig, men det här kommer att göra det mer permanent." Sedan gick han till framsidan av huset.

Anglophone återvände till sitt rum. Han var hungrig, men det sena eftermiddagsteet i trädgården skulle lösa det. Under tiden skulle han inte få en lugn stund förrän han visste säkert om han var förälskad i sin egen dotter.

Kapitel 56

STEPHEN TRÖTTNADE PÅ ATT vänta på att yxan skulle falla och slog igen bildörren och efter att ha tagit väskan med saker som han hade köpt till Tibbles stormade han in. Han stannade mitt i steget när han mötte Tibbles.

Tibbles vrålade: "Där är du ju, din idiot! In på mitt kontor, NU!"

"Inte nu, din skrytmåns, ur vägen. Jag måste träffa Anglophone."

Tibbles höjde handen för att slå Stephen i ansiktet.

Stephen blockerade slaget och de två männen såg varandra i ögonen. Stephen höll fast i Tibbles hand i några sekunder och släppte den sedan.

De två männen stod öga mot öga, näsorna nästan i kontakt med varandra i en kamp om vem som skulle ge upp först.

"Förlåt, Tibbles", sa Stephen.

"Jag borde säga det. Ursäkten godtas. Gå nu in på mitt kontor och vänta på mig. Jag har affärer att ta hand om först, sedan kan vi reda ut det här."

Tibbles lämnade huset. Han lutade sig in genom det öppna fönstret på den väntande bilen och förmedlade Anglophones instruktioner. Bilen körde iväg. Tibbles återvände till sitt kontor.

"Sätt dig ner, Stephen, snälla." Tibbles gick runt i några sekunder innan han talade. "Herr Anglophone är extremt upprörd. Nummer ett: han är arg på mig för att jag lät dig ströva omkring på hans tid. Nummer två: han är arg på dig för att sjukhuset klagade över den scen du orsakade. Vad i hela friden tänkte du på?"

"Jag hade en känsla av att mamma mådde dåligt. Jag var tvungen att kolla upp det. För att se om hon var okej."

"Lögner, alla lögner", sa Tibbles under andan. "Jag vet att Miss Angela berättade för dig om telefonsamtalet. Vågar du förneka det?"

Stephen tittade på sina fötter.

"Ditt uppträdande säger allt! Så när jag bad dig att gå och hämta några saker, hade du för avsikt att missbruka mitt förtroende."

"Jag är ledsen Tibbles. Det är jag, men jag var tvungen att gå."

"Nåväl, herr Anglophone har stängt av dig i två veckor. Eftersom jag litade på dig har han dragit av min lön också. Dessutom kommer du att vara en hundkropp här omkring - klippa gräsmattan, göra vilka uppgifter som helst som tilldelas dig. Jag behöver anställa en ny chaufför. Med lite tur kommer den nye mannen inte att vara lika oförskämd som du!"

"Jag är ledsen att din lön drogs in. Jag tycker inte att det är rättvist. Jag kan prata med honom om det."

"Det kommer du inte att göra."

"Håll inne min lön, men lämna mig inte utan fordon. Låt mig gå och prata med honom. Jag ska be om hans förlåtelse."

"Herr Anglophone säger att han inte vill tala med dig på fjorton dagar. Om du ser honom, fortsätt arbeta. Visa din hängivenhet. Visa honom ånger. Vi har tur att han inte sparkade oss. Med tiden kommer saker och ting att återgå till sitt normala tillstånd."

Tibbles svarade i telefon och ignorerade Stephens närvaro.

Stephen, som inte visste vad han skulle göra nu, lade huvudet i händerna. Tibbles pratade på i telefonen. Uppgiven reser han sig upp och lämnar kontoret. Han gick ut med nävarna djupt knutna i fickorna.

Han vandrade omkring i timmar, njöt av utsikten och vägde saker och ting i sitt huvud.

Han var tvungen att komma på hur han skulle få ut sin mamma från det där stället.

Han var tvungen att hitta ett sätt att bli oberoende av Anglophone.

Han var tvungen att ta kontroll över sitt liv. Om han bara kunde komma på hur.

Kapitel 57

R IBBY ÖPPNADE ÖGONEN. FÖRST visste hon inte var hon var. Det sista hon mindes var att hon läste i biblioteket.

Hon försökte sätta sig upp, men det gjorde ont i huvudet och rummet snurrade. Hon kramade om sig själv och upptäckte ett stort lila blåmärke på armen. Hon försökte komma ihåg ett tillfälle då blåmärket kunde ha uppstått. Hon misslyckades.

Angela kunde inte heller komma ihåg någonting. Det var något som störde henne. Ett svagt minne, ouppnåeligt.

Hur kan det här ha hänt?

Du gick förmodligen in i något. Det skulle inte vara första gången.

Sant nog, jag kan vara en klumpeduns.

Oroa dig inte för det. Du har viktigare saker för dig.

Ribby kände lukten av den omtalade fiskstekningen och sprang ner i hallen och in i badrummet för att spy. Hon tvättade ansiktet och drack några klunkar vatten.

Mår du bättre nu?

Jag tror det, tack.

Var är Teddy förresten? Det är nästan som om han tappar intresset. Du hade honom i din handflata.

Han är en upptagen man.

Ribby tvättade sig och borstade tänderna.

Dessutom har han inte mått så bra.

Något gnagde fortfarande i Angela. Något som hon var nära att minnas, men som sedan försvann.

Men han är en man och du måste hålla honom intresserad. Flörta lite. Lägg till lite sex appeal. Få honom att gissa och hoppas. Jag föreslår dock inte att du ska gå hela vägen inom den närmaste tiden. Lek med honom.

Jag har inte så mycket erfarenhet av män.

Jag tror att han är en kåt gammal torsk i hjärtat.

Han vill att någon ska finnas där för honom. Nån han kan lita på.

Han kan välja och vraka med alla de pengarna. Så, blåsa inte det kid— eller om du gör det, gör det räkna!!

Du är så äcklig.

"Miss Angela, Miss Angela", ropade Abbey när hon knackade på dörren.

"Herr Anglophone väntar på dig i trädgården."

"Kom in, Abbey. Jag känner inte för Afternoon Tea."

"Det måste du."

Ribby satte sig på sängen och höll sitt huvud i händerna.

"Säg åt herr Anglophone att möta mig om en timme."

"Som ni vill, fröken Angela."

"När du är klar, kom tillbaka och hjälp mig att göra mig i ordning."

"Visst, Miss Angela. Jag är strax tillbaka."

Några ögonblick senare återvände Abbey till Ribbys rum.

"Jag hoppas att mr Anglophone inte var arg på mig", sa Ribby.

"Nej, fröken Angela. Han förstår att vi tar längre tid på oss att göra oss presentabla", sa hon med ett skratt. "Sätt dig nu här och låt mig hjälpa dig." Abbey pratade på, medan Ribby lät sig bli bortskämd. "Voila", sade hon.

"Tack, Abbey."

"Du ser underbar ut!" sa Abbey när de gick längs korridoren och ut i trädgården.

Ribby fick syn på Teddy med ansiktet dolt bakom en tidning. Hon satte sig tyst bredvid honom. Han hade inte hört henne. Hon log.

Tibbles stormade fram till bordet och sa: "God eftermiddag, Miss Angela."

Teddy tappade nästan tidningen när han reste sig upp. "Hur länge har du suttit där?"

"Det var faktiskt bara en liten stund. Har du saknat mig?" Ribby viskade och tog hans hand i sin.

Anglophone drog bort handen och sa: "Jag var väldigt, väldigt sjuk."

Ribbys hud brändes.

Vad i?

"Men jag tänkte ofta på dig."

"Och vad tänkte du om mig?"

"Jag tänkte på dig och biblioteket."

"Precis, och jag har några idéer som jag vill diskutera med dig."

"Vart tog Tibbles vägen? TIBBLES!"

Tibbles återvände. Abbey följde efter. De bar på brickor fyllda med mat och dryck. Anglophones tallrik var snart fylld med mat, medan Ribby valde en stark kopp te.

"Jag har funderat", sa Ribby och rörde om i sitt te. "Jag skulle vilja läsa för och uppträda för barn i biblioteket. Jag skulle vilja planera för en Barnens dag."

"Och vad skulle det innebära?"

"Författare skulle kunna göra bokläsningar."

"Hmmm, intressant, intressant," sa Teddy.

"Jag skulle också vilja att vi donerade böcker till sjukhus."

"Ja, jag gillar de idéerna, min ängel, det kommer att krävas lite eftertanke, lite organisering. För tillfället borde vi koncentrera oss på biblioteket. När vi väl är igång, kanske om ett år eller två, då kan du genomföra de andra idéerna. Ta det lugnt, Angela. Kom ihåg att det här inte är en storstad. Vi pratar om en annan typ av människor här."

"Familjer finns överallt."

"Jag förstår vad du menar", sa Teddy och klappade Ribbys hand som ett barn han behövde blidka.

"Ursäkta mig", sa en man med keps i handen från entrén.

"Ja? Åh, jag förstår, du är den nya chauffören."

Tibbles gick in med klackarna i taket. "Jag sa åt dig att vänta på mig i köket."

Jag ber om ursäkt", sa den nye mannen och lyfte på hatten först för Anglophone och sedan för Tibbles. Han backade ut ur rummet.

"Är Stephen sjuk?"

"Nej, det är han inte." Teddy tog en tugga av quichen. "Han missbrukade min tillit. Han är i hundkojan de närmaste fjorton dagarna."

"Det var tråkigt att höra." Hon tog en klunk te. "Jag skulle vilja ringa min mamma, och jag verkar ha förlagt min mobiltelefon."

"Javisst. Använd telefonen i entrén. Under tiden kollar vi runt och ser om vi kan hitta din telefon."

Ribby blev så glad att hon reste sig upp, tappade servetten på marken och rusade över till Teddy. Hon flög på honom, fylld av passion, lade armarna runt hans hals och kysste honom på läpparna. Hon öppnade ögonen. Han tittade tillbaka på henne. Han var iskall.

Han knuffade bort henne och ställde sig upp. Hans ansikte var rött.

Ribby sprang ut ur rummet och upp för trappan. Hon kastade sig på sängen och grät sig till sömns.

Kallar du det sexigt?

Kapitel 58

När Ribby vaknade nästa morgon öppnade hon balkongdörrarna. Hon sträckte på sig och gäspade. Solljuset värmde hennes hud och hon kände en stark längtan efter att vara närmare vattnet. Hon klädde på sig, duschade, tog på sig hatten, knep sig i kinderna och gick ut från herrgården.

På gångvägen fick hon syn på Stephen. Han hade ryggen mot henne, men hon kunde höra det klippande ljudet från saxen. Han höll på att trimma rosenbuskarna.

"Stephen", sa Ribby.

Han rätade på ryggen och höll handen i luften för att skyla solstrålarna från ögonen.

"Jag undrade om du kunde köra mig någonstans."

Han svarade inte. Istället vände han sig om och återupptog sina trädgårdssysslor. Han väntade på att hon skulle gå iväg, fortsatte att klippa och klippa. Efter en stund eller två sa han: "Varför jag? Fråga den gamle mannen. Jag kan inte hjälpa dig. Jag kan inte ens hjälpa mig själv."

"Men jag har ingen, Stephen." Hon rörde vid hans axel. "Jag vill åka hem."

Han vände sig plötsligt mot henne och fick henne nästan att tappa balansen. "Jag kan inte hjälpa dig. Det var som fan. Jag skulle vilja, ärligt talat, men jag... Det finns andra människor som är beroende av mig. Jag kan inte hjälpa dig. Gå nu härifrån!"

Ribby tog ett steg tillbaka och kämpade mot lusten att gråta. "Jag tänkte bara... jag är ledsen att jag störde dig."

Stephen lät henne gå. Han lät henne komma längre och längre bort innan han ropade. Ribby ignorerade honom. Han sprang efter henne.

"Du, jag är ledsen. Hans ögon mötte hennes. "Det är bara det att jag har blivit degraderad och jag hatar verkligen trädgårdsarbete."

Ribby tog in hans uppmjukade ansiktsdrag.

Han kastade en nervös blick tillbaka mot huset när en bil körde förbi dem. Föraren klev ur och sprang upp för trappan där Tibbles öppnade dörren. Några ögonblick senare körde bilen förbi dem på väg ut.

Ribby flyttade in hos Stephen.

Stephen flyttade in hos Ribby.

De träffades någonstans i mitten.

Kapitel 59

T IBBLES LÄMNADE KUVERTET TILL Anglophone och återgick sedan till sina arbetsuppgifter.

Anglophone satt vid fönstret och tittade på sin nu konfirmerade dotter och son när de gjorde googlande ögon åt varandra. Han kunde känna kemin mellan dem hela vägen in i sitt rum. Han skrattade när han såg dem viska och utbyta blickar.

Han ringde på klockan och Tibbles kom tillbaka inom några sekunder.

"Tibbles," sade Teddy, "jag ska till stan idag. Jag har några saker att ta hand om där. Meddela chauffören att jag återvänder i morgon.

"Under tiden kan du hålla ett öga på Stephen och miss Angela åt mig. Se vad de hittar på, men låt dem inte veta att du tittar." Han rörde vid sin näsa med pekfingret. "Diskretion, min kära Tibbles, diskretion."

"Naturligtvis, herr Anglophone." Tibbles bugade sig ut ur rummet.

Kapitel 60

"**H**UR KAN JAG HJäLPA dig?" frågade Stephen och ledde Ribby bort från huvudvägen. "Som jag sa, jag kan inte ens hjälpa mig själv. Jag har ett ansvar."

Tibbles fokuserade på dem när Anglophone gjorde sig redo för avfärd.

"Har det något att göra med din mamma?"

"Jag kan inte berätta det för dig. Ju mindre du vet desto bättre. Varför vill du ge dig av? Har han gjort något mot dig?"

"Jag vet inte ens vad jag gör här", sa Ribby. "Jag menar, varför jag?"

Limousinen körde iväg.

"Undrar vart han är på väg."

"Han har en ny chaufför."

"Jag vet, men det är bara tillfälligt", sa Stephen. "Om du behöver komma bort, gör det nu."

"Hur ska jag kunna det? Jag har ju ingen bil."

Ribby, du är helt panikslagen. Lugna ner dig.

"Du måste väl känna någon här uppe som kan hjälpa dig."

"Jag träffade en reporter igår, Viveca Something."

"Ja, ring henne. Fråga henne."

"Tänk om hon inte kommer?"

"Lita på mig, det gör hon", sa Stephen.

"Hur vet du det? Varför skulle hon bry sig om mig?"

"Ställde hon inte en massa frågor om anglophone?"

"Inte direkt", sa Ribby. "Hon sa att hon skrev en berättelse om naturliga underverk."

"Du kanske tror det, men lita på mig, det är du som är storyn. Förutom reportrarna kan du vara säker på att polisen också håller ett öga på situationen."

"Jag fattar det inte. Varför inte?"

"Allt jag kan säga till dig, fröken, är att ringa henne. Låt reportern förklara. Men säg inget om mig, jag är i tillräckligt med trubbel redan. Och för Guds skull, ring inte från huset. Du behöver en mobiltelefon, eller ännu bättre, kan du lita på Abbey? Jag menar, verkligen lita på Abbey?"

"Jag hade en mobil, men jag tappade bort den. När det gäller Abbey, ja, det tror jag", sa Ribby. "Jag är ganska säker på att jag skulle kunna lita på henne med mitt liv."

"Använd henne då. Få henne att ringa reportern. Jag skulle låta dig göra mitt, men Tibbles har förmodligen avlyssnat det. Gör det idag, fröken."

"Tack," sa Ribby när hon rörde vid hans hand.

"Okej, vi ses då", sa Stephen. Han tittade upp mot fönstret och såg att gardinerna rörde sig. Tibbles. Han återgick till att beskära rosorna.

Vilken söt rumpa.

Tänker du aldrig på något annat?

Stephen vände sig om, tittade på Ribby och gick sedan tillbaka till arbetet igen.

Ribby letade efter Abbey.

När de nästan kolliderade i huvudkorridoren sa Abbey: "Tibbles sa att jag var tvungen att hitta dig, OMEDELBART. Jag vet inte vad det är för uppståndelse. Bara för att Mr Anglophone är borta en dag eller två."

"Ja, jag såg hans bil nyss."

"Jag ska vara din skugga."

Ribby och Abbey gick ut genom dörren och fortsatte att gå. När de var tillräckligt långt borta från herrgården sa Ribby: "Jag vill komma härifrån och jag behöver din hjälp."

"Om Tibbles får reda på det blir han väldigt arg. Han kanske till och med sparkar mig."

"Jag vill att du ringer någon. Den där kvinnan vi träffade igår, du vet, reportern?" Abbey nickade. "Jag vill att du går till en telefon, inte här, ingen annanstans än här, och att du ringer henne. Boka en tid så att vi kan träffas. Kan du göra det?"

"Det kan jag göra", sa Abbey efter lite tvekan. "Jag ska faktiskt till Fairfield Farm längre ner på vägen för att köpa lite ost. Det var meningen att chauffören skulle köra mig, men nu måste jag gå. Jag kan ringa henne därifrån."

"Du är en stjärna," sa Ribby. "Nu ska jag gå in igen. Ha det så kul på Fairfield Farm."

"När ska jag ordna det? Jag menar mötet med dig och Viveca?"

"Jag tror att hon vet hur svårt det kan vara för mig. Berätta dock för henne att Mr. Anglophone är bortrest, och att ASAP skulle vara bäst."

"Det är en plan."

P å FAIRFIELD FARM RINGDE Abbey upp Viveca Hartmans nummer på tidningen. "Uh, hej, det är jag, Abbey."

"Abbey vem?" sa Viveca irriterat. "Du har ringt Viveca Hartman på The Local Times."

"Ja, jag vet, eh, h-hur är det med din fotled?"

"Min fotled? I..." Viveca hängde på. "Abbey, åh ja. Vad kan jag göra för dig? Är det Angela? Är hon okej?"

"Ja", sa Abbey, "och jag har varit så orolig för dig, att du varit så sjuk och sedan stukat foten så där."

"Okej," sa Viveca, "någon annan är där, stämmer det?"

"Åh, ja", sa Abbey, "du måste verkligen ta det lugnt och hålla dig borta från den."

"Abbey," sa Viveca, "jag vet inte vad du vill eller hur jag kan hjälpa till. Uh, vill hon träffa mig? Vill Angela att jag ska komma ut dit?"

"Ja", sa Abbey, "herr Anglophone är iväg i staden. Så snart som möjligt vore bäst. Jag är på Fairfield Farm nu och hämtar lite ost."

"Okej, Abbey", sa Viveca, "Vad sägs om i morgon, mellan kl. 10 och 11?"

"Vi ska försöka komma undan. Vänta på oss vid Fairfield Farm, även om vi blir sena."

"Det ska jag göra", svarade Viveca.

Kapitel 61

KLOCKAN 21.00 SVÄNGDE ANGLOPHONES limousine runt hörnet på väg till Marthas hus. Det var hans favoritårstid när det fortfarande var ljust på kvällen. Visserligen satt hon i fängelse, men han ville se om han kunde få reda på något från grannarna. Han var fortfarande rasande över att Martha hade smugit sig in i hans liv igen. Han hade öppnat sitt bibliotek och sitt hjärta och nu...

Marthas hus var borta. Fullständigt utplånat. Allt som återstod var en hög med bränd bråte. Han klev ur bilen för att ta en närmare titt. Chauffören stod vid hans sida.

En äldre kvinna vandrade längs trottoaren. Hon var klädd i en sliten badrock. Hon närmade sig engelsktalande. Chauffören placerade sin kropp mellan sig själv och kvinnan.

"Fan vad synd", säger kvinnan och försöker komma närmare Anglophone. "En sådan bra kvinna och att gå så där. Så sorgligt. Och hennes stackars dotter. Ingen vet var hon är och nu, nu all skandal. Jag har ingen aning. Jag vet bara inte." Hon torkade ögonen med hörnet av ärmen medan hon tittade mot limousinen.

"Menar du att kvinnan som bodde här, Martha, dog?"

"Nej, hon dog inte. Hennes granne Mrs Engle kände röklukt. Hon drog ut Marthas och Scamps kroppar därifrån. Räddade deras liv trots att Martha inte ville leva. Scamp har adopterats av fru Engle." Hon pekade på huset.

"Vad menar du med att hon inte ville leva?"

"Hon var full av piller och sprit."

"Var snäll och fortsätt."

"Huset brann upp som en brasa. Vi var aldrig vänner. Den kvinnan hade män som kom och gick hela tiden. Det var som om hennes hus hade en svängdörr." Kvinnan kliade sig, som om hon hade loppor. "Det är bäst att jag går in innan jag dör. God kväll, herrn." Hon gick därifrån.

"Vänta. Stanna. Kom in i min bil så ska jag ge dig en klunk whiskey för att värma upp dig", sa Anglophone.

Kvinnan stannade. Hon vände sig mot honom. Hon tvekade och gick sedan därifrån.

"Jag skulle verkligen uppskatta din hjälp", ropade Anglophone. "Jag ska göra det värt besväret."

"Uh, men jag, jag känner inte igen dig från Adam," sa kvinnan. "Du kan vara en av Marthas degenererade vänner. Som vill ha en bit av det här." Hon viftade med armarna och log och visade ett tandlöst flin.

"Jo, jag är Theodore Anglophone, en gammal vän till Martha. Vi har känt varandra länge." Han lade en tjugolapp i hennes handflata.

"Hon sitter i fängelse."

Han viftade med en femtiolapp framför hennes ansikte, som hon försökte ta tag i.

"Ta det lugnt, min vän", sa Anglophone. "Säg mig något som är värt femtio dollar. Jag jobbar hårt för mina pengar."

"Jag kan berätta saker för dig, saker som skulle få ditt huvud att snurra."

Anglophone kom närmare och den fräna lukten av kål fick honom att hålla för näsan med handen. "Er vagn väntar."

Den äldre kvinnan skrattade när chauffören öppnade dörren för henne.

När de väl var inne fyllde Teddy ett glas med whisky och räckte det sedan till kvinnan. Hon slog tillbaka det. Han fyllde på det igen.

"Martha och Ribby bodde här och Martha var prostituerad, men enligt vad jag har hört inte särskilt välbetald." Hon skrattade. "Vi visste om det; alla hennes grannar visste, det vill säga. Vi blundade för det. Så länge hon höll sig borta från våra män var det bara att leva och låta leva. Sedan fick tidningarna reda på det och kom hit för att kolla in horhuset. Ribby fanns inte då, välsigne hennes själ. Stackars lilla slyna. Vad hon måste ha sett för män som kom och gick när hon växte upp."

"Ja, kom till saken, för att tjäna de femtio dollarna", krävde Anglophone.

"När huset brann ner till grunden hittade de ... Något ... I skjulet ... Senare ... Medan Martha återhämtade sig på sjukhuset ..."

"Sätt igång."

Kvinnan sträckte fram sitt glas. När det var fullt fortsatte hon. "Det var då de hittade den, en kniv."

"Oj, oj, oj", sa Teddy och lutade sig närmare kvinnan. Han fyllde på hennes glas.

"Så där stod hon, stackars Martha, utan sin dotter, utan en själ, och de åtalade henne för första graden. Två mord. Hennes syster och en av hennes Johns - jag tror att han var torsdagens. Det var överallt i tidningarna. Det var helt galet här."

"Thursday's?" sa Teddy i en upprörd ton.

Kvinnan tvekade: "Fet, mycket, mycket, fet. Inte din vanliga typ av fett. Mycket oattraktiv. Och gift dessutom."

"Fortsätt med berättelsen. Vad hände då?" frågade Teddy otåligt.

"Han var död. Knivhuggen i ryggen. Tidningarna skrev att systrarna hade bråkat om honom." Kvinnan kacklade som en höna som lägger ett ägg över att kvinnor kan slåss om ett sådant pris.

"Hon sitter i fängelse och väntar på att domaren ska döma henne. De tror att hon dödade mannen och hennes syster. Sedan körde hon dem utför en klippa. De hittade kniven och en av hennes klänningar täckt av Carl Wheelers blod nedgrävda i skjulet på baksidan." Hon stannade upp och väntade i hopp om att hennes berättelse hade varit tillräcklig för att förtjäna de femtio.

"Du har verkligen varit till stor hjälp. Här är ytterligare hundra för din tid, och du kan ta resten av flaskan med dig också."

När kvinnan inte verkade intresserad av att gå ut öppnade chauffören dörren. Anglophone gav henne en liten knuff.

"Du behövde inte knuffa! Du, du!" utbrast kvinnan medan hon backade bort från bilen.

"Fortsätt", sa Anglophone till chauffören när han återvände till sitt säte. "Kör mig till fängelset."

"Ja, herr Anglophone."

Teddy lutade sig tillbaka och blundade.

Kapitel 62

FÖLJANDE MORGON TRÄFFADE RIBBY och Abbey Viveca på Fairfield Farm.

"Du ser fantastisk ut!" sa Abbey.

"Tack, Ang", sa Viveca. "Jag mår tillräckligt bra för att hoppa upp på en av hästarna idag och ta en ridtur. Förutsatt att du väljer en mild själ, skulle ridning passa mig bra."

"Abbey känner till alla våra hästar", sa Mrs Fairfield. "Jag vill inte stressa iväg, men jag har några sysslor att göra i stan. Så känn er som hemma. Ta för er av allt ni behöver. Jag är tillbaka vid lunchtid, om ni vill stanna?"

"Nej, tack", sa trion unisont.

"Upptagen, upptagen, upptagen", sa Ribby, och Abbey och Viveca nickade instämmande.

När fru Fairfield hade lämnat huset frågade Viveca: "Hur är läget?"

Abbey sa: "Jag tar en åktur medan ni två pratar."

"Tack, Abbey. Du är en pärla", sa Ribby när hon såg Abbey stänga dörren bakom sig. Ribby riktade sedan sin uppmärksamhet mot Viveca, som verkade lika orolig som hon var.

"Hur kan jag hjälpa till?" frågade Viveca.

"Först och främst, tack för att du kom med så kort varsel. Jag har tagit mig vatten över huvudet i huset med herr Anglophone. Jag vill åka hem."

"Och han låter dig inte göra det? Hålls du fången?"

"Inte precis. Han har varit snäll mot mig fram till för några dagar sedan - trots att jag känner mig väldigt isolerad eftersom han alltid är borta i affärer. För ett par dagar sedan, åh, jag vet inte hur jag ska förklara det annat än att jag ville gå. Dessutom försvann min telefon. Jag vet att han vill att jag stannar och öppnar upp biblioteket, men jag misstänker att han döljer något för mig. Jag vet inte varför han behöver mig som bibliotekarie. Jag menar, just jag. Det är inte så att jag har svarat på en annons om tjänsten. Ärligt talat är jag rädd."

"Berätta först vad du vet."

"Jag tror att det är bäst att du börjar från början."

"Anglophone har ett gott rykte när det gäller damer. För att uttrycka det enkelt, han inbillar sig själv. Med alla dessa pengar, för att inte tala om den makt han utövar, kan han göra saker som en normal man inte skulle kunna göra. Till exempel har han flera medlemmar av rådet i sin bakficka. Det är ett känt faktum att han smörjer palmer, men han är så mäktig att ingen kan få fram några bevis mot honom. Som det som hände på biblioteket. Jag menar, Stephens mamma blev bunden och lämnad att dö."

"Var den där kvinnan Stephens mamma?"

Men Stephens mamma är inte död...

"Du menar att du känner till det som hände tidigare på biblioteket?"

"Ja, jag läste om det på nätet innan jag kom hit."

"Men i tidningarna berättade de inte hela historien. Som när reportrarna kom först och hittade henne, hon var i ett ganska dåligt skick. Reportrarna pratar och ja, de säger att hon var naken, bunden till en stol med brännskador på kroppen och det fanns massor av blod. Kriminaltekniker upptäckte senare att det var djurblod. Vissa säger att Anglophone höll på med svart magi. Konstiga grejer."

Ribby mindes den silhuettliknande mannen på baksidan av boken om magi.

Det här stämmer inte. Stephen besöker henne.

Och hon ringde honom.

Viveca fortsatte, "Ja, men det finns mer. Vissa säger att hon var Anglophons älskarinna. Hon var definitivt den enda person som han någonsin anförtrodde sitt bibliotek till."

Det här blir mer och mer märkligt.

"Min far har en lång historia med Anglophone, och Stephen har bott där sedan han var en pojke."

"Så, med mig då, varför jag?"

"Jag vet inte, men jag klandrar dig inte för att du vill åka hem. Har du ingen familj?"

"Jo," sa Ribby, "min mamma är i stan. Jag måste ringa henne. Jag ringer henne härifrån nu." Ribby svarade i telefon.

"Jag är ledsen, numret du ringer är inte längre i bruk. Vänligen lägg på och ring igen."

Ribby ringde igen, med samma resultat.

"Jag kanske kan kontakta henne åt dig? Få henne att komma och hämta dig med förstärkning, dvs. poliser. Vad heter hon?"

"Martha, Martha Balustrade."

"Herregud!" Viveca utbrast. "Du är inte Martha Balustrades dotter!"

Åh, åh, vad har käraste mamma gjort nu?

Kapitel 63

TEDDY ANLÄNDE TILL FÄNGELSET. Martha hölls i isoleringscell. Han krävde att få träffa henne. Han låtsades vara hennes advokat.

En kvinna vid skrivbordet blandade papper. Anglophone slog näven i bordet och upprepade sina krav. "Ring Frederick Schmidt. Ring borgmästare Brown. De känner mig. De kommer att låta mig träffa min klient, OMEDELBART", vrålade Anglophone.

Telefonsamtal ringdes. Ändå väntade Anglophone i timmar.

"Vill du ha en kopp te?"

"Nej, tack", sa Anglophone, "jag vill bara träffa min klient."

Kapitel 64

"**K**ÄNNER DU MIN MAMMA?"

"Han har hållit dig avskild", sa Viveca. "Alla känner till din mamma, med tanke på all press på sistone. Jag menar, när någon erkänner morden på två personer, inklusive sin egen syster, blir det nyheter - även här ute. För att inte tala om hennes andra hyss. Första sidan i stan, Angela!" Hon såg hur Ribbys ansikte blev vitt som ett lakan. "Jag är ledsen, hon är ju trots allt din mamma."

"En mördare? Du måste ha misstagit dig." Hon tog en paus. "Förresten, mitt riktiga namn är Ribby Balustrade."

"Varför då?"

"Det är en engelskspråkig grej."

"Tvingade han dig att byta namn?"

"Nej, Angela är sötare än Ribby."

"Viveca är inte heller särskilt vanligt eller vackert, så jag vet vad du menar. Men låt oss återgå till din mamma och morden. Du tror inte att hon gjorde det?"

Vi vet att hon inte gjorde det eftersom vi gjorde det.

Vi gjorde ett; det andra var självmord.

Ribby sa ingenting.

"Jag vet att Anglophone har hållit dig isolerad här nere. Man skulle kunna tro att han åtminstone hade anständigheten att berätta för dig att din mamma sitter i fängelse."

"Jag har ägnat all min tid åt att läsa och fixa till biblioteket. Under tiden har min mamma varit... Herregud, jag måste gå till henne nu. Kan du ta mig dit? Du måste hjälpa mig. Du måste bara göra det!"

Abbey stack upp huvudet runt hörnet och hörde Ribbys vädjan. "Vad är det som händer? Varför är hon så upprörd? Angela, vad är det för fel? Du ser ut som om du har sett ett spöke!"

"Jag måste åka till stan, idag. Nu. Viveca kommer att ta mig."

"Min pappa kan förmodligen få oss på ett plan, och vi kommer att vara där på nolltid. Ett ögonblick, jag ringer honom och förklarar. Han är väl insatt i juridiskt mumbo jumbo, så jag ska se om han kan göra oss sällskap."

"Finns det en flygplats i närheten? Varför flyger inte Teddy till Toronto då? Det har han väl råd med?"

"Flygrädd", sa Viveca, precis när hennes pappa svarade i andra änden av luren. Hon förklarade allt för honom. Han gick med på att möta dem på flygplatsen. "Okej tjejer, då åker vi!"

"Vänta," sa Ribby, "kan vi åka förbi och hämta Stephen också? Jag vill att han ska vara där."

"Visst, vi svänger förbi och om han vill komma, ju fler desto bättre. Hur är det med dig, Abbey? Kommer du med oss?"

"Nej, jag har inte råd att förlora mitt jobb just nu. Tibbles skulle gå i taket om jag försvann hela dagen." Abbey tittade på sin klocka och började bli orolig. "Jag har redan varit borta för länge."

"Hoppa in så skjutsar jag dig."

"Men Tibbles då?" frågade Abbey. "Om han frågar mig något? Jag är ingen bra lögnare."

"Säg ingenting då. Vi måste röra på oss, få ett försprång."

"Okej, då går vi", sa Ribby. Hon var utom sig av oro för Martha. Hon frågade sig själv hur detta någonsin hade kunnat hända. Hon kände sig så skyldig.

Vid huset satte sig Stephen i baksätet på bilen och de körde iväg, medan Abbey stod kvar i ett moln av damm.

Kapitel 65

I DET KALLA OCH fuktiga väntrummet gick Teddy fram och tillbaka som en förväntansfull far. Hans humör steg för varje minut han tvingades vänta. Sextio minuter. Nittio minuter. Etthundratjugo minuter. Inga spår av henne. Inga spår av någon.

Timmar senare hörde Teddy ett klirrande ljud när nyckelbäraren närmade sig dörren. "Ursäkta mig", sa han plötsligt när kvinnan gick förbi, "jag har väntat här inne i timmar."

"Herr eh, engelsktalande. På er begäran bad jag om ett undantag. Det avslogs. Följ med mig, så ska jag ta dig tillbaka till receptionen."

Han blev helt upprörd och sa: "Vad menar du med att det avslogs?"

"Fru Balustrade väntar på att bli dömd", väste hon. "Jag är en upptagen kvinna och det är sent så var snäll och följ mig."

Han gjorde som han blev tillsagd, men han var inte glad över det.

T EDDY VAR FORTFARANDE FÖRBANNAD när han klev in i limousinen. Han ringde Four Seasons Hotel och bokade en svit, sedan beordrade han sin chaufför att köra honom dit.

På vägen ringde han upp Tibbles.

"Tibbles! Jag vill att du ringer upp Angela och det pronto!"

"Hon är ute på en promenad med Abbey. Uh, vänta ett ögonblick." Tibbles höll handen över telefonen när han såg Abbey komma in. Han frågade henne om var Angela befann sig. Abbey sa att hon och Angela hade gått skilda vägar för flera timmar sedan.

"Herr Anglophone, uppenbarligen har fröken Angela inte återvänt ännu."

"Nåväl, leta reda på henne. Ring mig så snart du vet var hon befinner sig." Han kopplade ner.

"Kan du be Stephen att komma in till Abbey? Det är brådskande." sa Tibbles.

"Jag har inte sett Stephen."

"Ta en titt runt fastigheten. Säg åt honom att rapportera till mig omedelbart."

Abbey tittade i de gemensamma utrymmena i huset. Hon vandrade runt och slösade tid, både inne och ute. En halvtimme senare återvände hon utan Stephen. Vid det laget höll Tibbles på att bli galen.

"Var är HAN?"

"Jag har letat överallt. Han finns ingenstans."

"Gör allting själv. Gör allting själv", mumlade Tibbles. Hans axel snuddade vid hennes när han gick förbi. "Om jag hittar honom där ute drar jag av din lön med femtio dollar och nästa gång tittar du när jag ber dig!"

"Men, sir", Abbey började säga mer, men Tibbles smällde igen dörren bakom honom.

Tibbles tittade också överallt. Inga spår av Stephen. Inga spår av fröken Angela. Han återvände till huset och ringde Anglophone.

"Tibbles?"

"Ja sir, det är jag. Jag kan inte hitta Stephen eller Miss Angela."

"Är de tillsammans?"

"Jag har ingen aning."

"Men det vet säkert den där flickan. Du sa att hon skulle vara Angelas skugga. Ge henne telefonen."

"Hon är inte till hands."

"Vad betalar jag dig för? Hitta henne och ge henne den förbannade telefonen." Tibbles kopplade loss telefonen och bar den med sig. När han hörde rörelser ovanför gick han upp på övervåningen.

Abbey höll på att städa undan Miss Angelas nattduksbord. Hon plockade upp en bok med en skuggfigur på baksidan.

Tibbles kom in och tryckte telefonen i Abbeys hand. Hon tappade boken och den slog i golvet.

"Hej", sa hon blygt.

"Abbey," sa Anglophone, "jag behöver din hjälp att hitta Miss Angela. Det är ett brådskande ärende. Var är hon?"

"Jag lämnade henne ute på promenad tidigare. Hon ville vara ensam."

"Och Stephen. Såg du Stephen?"

"Han trimmade rosenbuskarna förut." Hennes händer skakade och hennes röst likaså.

"Sätt tillbaka Tibbles", krävde Anglophone.

"Hon ljuger", sa Anglophone till Tibbles. "Ta reda på vad hon vet och ring mig sedan."

"Men hur då?"

"Jag bryr mig inte om hur. På vilket sätt som helst. Ta reda på det och NU!" Anglophone ropade ner i luren.

Tibbles knöt nävarna och reste sig. Han gick över golvet och när han stod ansikte mot ansikte med Abbey gav han henne en backhand.

Det oväntade slaget fick Abbey att flyga baklänges och hon landade på Ribbys säng. Han klättrade upp på henne, grenslade henne och höll i hennes händer och ben. Den svarta polishen från hans stövlar skavde på täcket.

"Berätta för mig!" skrek han i hennes ansikte. När hon inte svarade höll han kudden mot hennes ansikte och lät henne kämpa. Han lyfte bort den igen. Hennes ögon. Mjuka, som hos en hona. "Berätta för mig!" Han tryckte ner kudden igen och hon flaxade. När han lyfte bort kudden erkände hon till slut, och han lät henne sitta upp och hämta andan.

Han ringde Anglophone som utbrast i jubel i andra änden av luren. "Bra gjort, Tibbles. Din lojalitet kommer att belönas."

Tibbles lade på luren och vände sig sedan mot den unga flickan.

Abbey låg kvar på sängen och stirrade på honom med de där ögonen. "Sluta titta på mig!" skrek han och tryckte in kudden i hennes ansikte. Hon kämpade emot lite först, men sedan gav hon upp. Han höll kudden intryckt medan tiden stod stilla.

När han tog bort den var flickans ögon vidöppna. Hon såg fridfull ut. Som en ängel.

Tibbles började skaka. Han tog tag i nattduksbordet och lade märke till en bok på golvet. Han plockade upp den och kände genast igen ögonen från den skuggade figuren på baksidan. De tillhörde hans mästare. En stund satt han och stirrade på omslaget till Allt du någonsin velat veta om svart magi (men inte vågat fråga.) Hans tankar vandrade till Rosemary och hennes vädjan om hjälp.

Tibbles öppnade skorstenen och tände en brasa. Han kastade in boken och såg den brinna.

Han rullade in Abbey i Ribbys täcke, slängde henne över axeln och bar ut hennes kropp i trädgården. Han grävde en grund grav under rosenbuskarna. När hon var begravd ställde han tillbaka rosorna där de stod och sprutade lite vatten på trädgården. Det var en vacker viloplats.

Tillbaka inne i huset duschade Tibbles och städade upp. Sedan gav han sig i kast med Miss Angelas rum. Han bäddade om sängen med nya lakan, örngott och ett nytt täcke. Perfekt.

När han hade slutfört alla sina uppgifter blev tystnaden öronbedövande. Till och med hans egna fotsteg ekade högt i hans öron.

Efter en tid kunde han inte längre stå ut med ljudet av sin egen andning. Det verkade så högt, så bullrigt.

Han återvände till sitt rum och tog på sig den morgonrock som Anglophone en gång hade gett honom. Han gick in i sin nedersta låda och drog ut en pistol.

Medan han satt i sin favoritstol i sin favoritrökjacka sköt han skallen av sig.

Ingen var hemma och hörde skottet.

Endast fåglarna blev skrämda av det onaturliga ljudet.

Kapitel 66

Rosemary Franklin, Stephens mamma, var borta sedan länge. Hon hade föreställt sig att fly från sanatoriet, drömt om det så många gånger. När möjligheten dök upp tog hon den och klättrade in i baksätet på Clean-it-4-U:s skåpbil. Klockan var fyra på morgonen och hon var på väg.

Skåpbilen körde ett bra tag med henne gömd i baksätet. Så snart de var utanför sjukhusets grindar bytte hon om till en outfit som hon hade stulit. Hon hade också stulit en diamantring och några mynt.

Vid första stoppet klev föraren Gus ur bilen. Rosemary såg på när han gick in i restaurangen. När kusten var klar öppnade hon dörren och sprang. Hon gömde sig bredvid ytterväggen mellan byggnaderna. Därifrån kunde hon se Gus mata ansiktet och vänta på att han skulle gå. Hon kände den behagliga doften av nybryggt kaffe och bacon som fräste därinne. Bara tanken på det fick det att vattnas i munnen på henne. Så mycket mer frestande än den vidriga stanken av sjukhusmat som hon hade vant sig vid.

En dörr knarrade och hon huttrade när solen tog sig upp på himlen. Gus klättrade upp i skåpbilen, pillade på radion, satte på sig sina solglasögon och körde iväg.

Rosemary höll sig gömd ytterligare några ögonblick. Bättre att vara säker än ledsen. När skåpbilen var utom synhåll borstade Rosemary sitt hår med fingrarna. Hon gick in på fiket där hon beställde en kopp kaffe och drack upp den. Smaken av nybryggt kaffe från en vägkrog var inget mindre än himmelsk. Servitrisen kom genast och fyllde på. Den andra koppen njöt hon av.

När hon var redo att gå lade Rosemary några mynt på bordet. Hon visste att hon inte hade tillräckligt men hoppades att servitrisen skulle ge henne ett pass. Rosemary brast ut i gråt och snyftade okontrollerat i sin hand.

Servitrisen återvände: "Är allt okej, kära du?"

Rosemary ljög. "Min man slår mig. Jag har rymt. Den här förändringen är allt jag har. Jag måste försvinna. Om han hittar mig kommer han att släpa mig tillbaka."

Servitrisen gav henne en näsduk. "Har du någonstans säkert att ta vägen? Eller ska jag ringa polisen?"

"Ja, jag har en son, Stephen. Allt jag behöver göra är att ta mig till honom. Om du kan ringa en taxi och förklara situationen så skulle jag uppskatta det. Jag behöver hjälp att komma undan."

"Varför ger jag dig inte min telefon så kan du ringa själv?"

"För att min man kommer att ringa alla taxibolag i provinsen. Om de har mitt namn kommer han att hitta mig." Hon snyftade i näsduken igen.

Servitrisen sa att hon hade ringt efter en taxi och att den skulle komma direkt.

"Får jag be om en tjänst till?" När flickan nickade bad Rosemary om ett par cigg och ett paket tändstickor. Flickan tackade med ett leende.

När taxin kom tackade Rosemary servitrisen. "Jag ska ta med min son hit en dag för att träffa dig, kära du." Den unga kvinnan log och vinkade, vilket Rosemary besvarade.

"Vart ska ni, damen?" frågade chauffören.

"Theodore Anglophone's egendom."

Han tittade på henne i backspegeln och nickade.

"På vägen undrar jag om du kan ta mig till en pantbank. Jag har något som jag skulle vilja sälja. Naturligtvis kan du hålla mätaren igång", sa Rosemary.

"Det är dina pengar, damen. Det finns en pantbank här längs vägen, ungefär tjugo minuter bort. Jag släpper av dig och köper mig en kopp kaffe och en bit körsbärspaj a la mode."

"Tack så mycket, Jimmy", sa hon efter att ha tittat på hans fotolegitimation som satt på instrumentbrädan.

Jimmy tittade i backspegeln igen. När hon viftade med håret studsade solljuset mot stenen på hennes finger. Han väjde för en mötande bil. "Det var en fin sten, damen."

"Tack", sa Rosemary och stirrade ut i fjärran.

"Vi är framme", sa han.

Kapitel 67

SNART LANDADE PLANET I Toronto.

"Jag måste få träffa min mamma", säger Ribby.

Viveca ringde till fängelset och förklarade att hon hade Martha Balustrades dotter med sig.

Hon nekades tillträde.

"Domen avkunnas i morgon i domstolen. Låt oss ta in på ett hotell och få en god natts sömn", föreslog Viveca.

"Varför får jag inte träffa henne?"

"Allt de sa till mig var att fången inte fick ha några besökare ikväll", sa Viveca. "Vilket är det närmaste hotellet till domstolsbyggnaden?" frågade hon chauffören.

"Hilton ligger inom gångavstånd."

Viveca ringde i förväg och bokade tre rum. "Jag använder mitt utgiftskonto", sa hon.

De registrerade sig på hotellet och kom överens om att träffas i lobbyn. Därifrån skulle de åka till domstolen tillsammans.

N ästa morgon försökte Stephen och Viveca få Ribby att äta något. De lyckades få i henne en kopp te men inget mer.

"Jag är så glad att du kunde följa med som moraliskt stöd, Stephen", sa Ribby.

Angela gav honom en blinkning.

Viveca grämde sig över det olämpliga i Ribbys beteende. Hon märkte att det gjorde Stephen obekväm. Hon betalade notan och de lämnade byggnaden. Ljudet på gatan var öronbedövande.

"Trafikkaos. Skönt att vi kan gå dit. Välkommen till stan", säger Stephen.

De tog sig till tingshuset.

Kapitel 68

ANGLOPHONE HADE HAFT EN orolig natt utan Tibbles där för att ta hand om honom. I hans frånvaro hade Anglophone ringt till huset. Det hade han gjort många gånger förut. Tibbles var bara alltför glad att hjälpa till genom att dra upp speldosan och hålla upp den mot telefonen. Den här gången svarade han dock inte.

När han såg honom nästa gång var det bäst att Tibbles hade en förbannat bra förklaring redo. Han var förtjust i mannen, men han kunde vara irriterande slarvig ibland.

När han satt vaken i flera timmar undrade han över sin son och dotter. Var befann de sig? De måste vara i staden någonstans. Han mindes hur de båda tittade på varandra. Omedvetna om att de var syskon. Även han hade varit attraherad av sin egen dotter - innan han visste vem hon var, förstås.

För ett ögonblick föreställde sig Anglophone att han erkände sitt faderskap för sin avkomma. Han gick vidare och föreställde sig bröllop, sedan barnbarn som sprang runt i hans hus, skrek och jagade honom. Han hatade barn. Spendera alla hans pengar. Han skakade på huvudet, tog upp den fula lampan bredvid sängen på hotellrummet och kastade den i väggen. Den splittrades och glödlampan gnistrade och dog sedan. Det fanns inte en chans i helvete att de någonsin skulle få höra det. Inte från hans läppar i alla fall. Han var ingen familjeman. Det skulle han aldrig bli. Familjeband skapade inget annat än komplikationer.

Han tänkte på Marthas situation. Hon hade bett om hans hjälp.

På morgonen åt han frukost på sitt rum. Kaffet var osmakligt. Han kallade på sin chaufför och de begav sig till tingshuset.

Kapitel 69

ROSEMARY PANTSATTE RINGEN. EFTERåt besökte hon en pappershandel där hon köpte en penna, lite papper och ett kuvert. På vägen till Anglophones fastighet skrev hon ett brev. När hon var klar förseglade hon kuvertet och skrev på framsidan: "Till Stephen Franklin. Privat och konfidentiellt." Hon bifogade ingen returadress.

På Anglophones herrgård bad Rosemary Jimmy att lägga kuvertet i brevlådan. Hon ville inte riskera att stöta på Tibbles.

"Vart ska vi nu, damen?"

"Biblioteket. Jag menar Anglophones bibliotek. Vet du var det ligger?"

Han vände på huvudet. "Jag kan ta dig dit."

"Tack så mycket."

De anlände till biblioteket en kort stund senare. Till en början satt Rosemary kvar i baksätet på taxin med taxametern igång och kunde inte röra sig.

Jimmy frågade: "Är allt okej?"

Rosemary slog armarna om sig själv och var rädd för att gå ut. Rädd för att komma tillbaka. Rädd för vad hon tänkte göra. "Jag mår bra", sa hon.

Jimmy satte på radion. Han sjöng med i Elvis.

Rosemary öppnade sin dörr. Hon lade några sedlar i hans händer: "Tack, Jimmy. Du har varit underbar - och du har en ganska bra sångröst också."

"Tack, det kommer aldrig att finnas en ny Elvis." Han satte sig i taxin igen och körde iväg.

När han var utom synhåll tog Rosemary in hela utsikten över biblioteket. Det hade en gång varit hennes favoritställe. Hennes fristad. Och luften utanför doftade fortfarande underbart. Tallarna, åh tallarna. Det kändes som om hon äntligen var fri.

Den känslan varade inte länge. Snart började de dåliga minnena virvla runt i hennes huvud igen. Anglofonen som stod över henne. Torterade henne. Den svarta magin. Hällde djurblod på henne. Allt för den där förbannade boken.

Hennes händer skakade när hon stoppade handen i fickan och tog fram en böjd cigarett. Servitrisen hade verkligen varit snäll och gett den till henne. Hon tände den och tog ett långt bloss. Hon hostade men fortsatte att ta extra bloss tills hennes händer lugnade ner sig igen.

Fler minnen dök upp. Minnen som hon hade gömt sig från utlöstes som en sommarstorm. Anglophone som använde henne som försökskanin. Hon som hotade att gå till polisen. Han som hotade att döda deras son. Det måste få ett slut, hans tortyr av henne. Hon hotade att berätta för Stephen vem han var.

En plan formades då. En kompromiss. Rosemary skulle försvinna helt och hållet och en dödsattest skulle utfärdas. Eftersom de gift sig i hemlighet visste ingen att hon hade bytt namn. Stephen skulle ha ett jobb livet ut, men han skulle aldrig få veta vem hans far var. Han skulle aldrig få veta att han var arvtagare till Anglophones förmögenhet. I gengäld skulle Rosemary få den vård hon behövde. Hennes brännskador skulle läka och alla kostnader skulle täckas. För att skydda sin son gick hon med på att bli inlåst resten av sitt liv. I teorin verkade det genomförbart vid den tidpunkten.

Efter att hon bett Anglophone att släppa henne och han vägrat, hade hon inget annat val än att fly. Dessutom förtjänade Stephen att få veta sanningen. Rosemary var tvungen att vara den som berättade det för honom. Hon satte sig på trappan mellan bibliotekets valv och föreställde sig att hennes son skulle hitta brevet och läsa det. Hennes moderliga intuition sa henne att hon gjorde det rätta.

Rosemary reste sig och slängde cigaretten på marken. Hon ägnade en stund åt att samla material. Stockar, pinnar, allt brännbart hon kunde hitta. Allt hon kunde bära. Hon lade tändveden på framsidan av entrén och tände den och lade sedan till de större bitarna. Hon stod mellan träbågarna med armarna i kors och väntade på att lågorna skulle sluka henne.

Röken skulle ha synts på flera mils avstånd, men alla som kunde ha brytt sig tillräckligt för att lägga märke till den var antingen borta eller döda.

Trävalven gav vika innan elden nådde Rosemary. Medan lågorna dansade i hennes perifera synfält krossade de kollapsande tunga balkarna hennes skalle. Inget mer lidande. Ingen mer smärta.

Kapitel 70

Domstolen använde Viveca sitt presskort för att få dem nära framsidan trots att rättssalen var fullsatt. På väg till sina platser lade Ribby märke till några bekanta ansikten, bland annat grannar. Hon hatade tanken på att hennes mamma skulle ställas inför rätta och än mindre hamna i fängelse.

Vi går ut och röker.

Nej, mamma kommer snart in.

Det är ingen stor grej. Hon ska ingenstans.

Ha. Ha.

Stämningen i rättssalen var utom kontroll. Skvallerkärringar skvallrade. De som inte hade något viktigt att säga lade ändå till sina egna två cent. När Martha fördes in stannade alla upp och stirrade.

Fången var ovårdad. Den grå kostymen hon bar gjorde inget för henne. Hon hade gått ner i vikt. Ribby tyckte att hennes flammiga ansikte liknade ett vandrande lik.

Jösses, till och med jag tycker lite synd om henne.

Ribby snyftade.

Martha tittade upp på sin dotter och log nästan, men sedan tittade hon bort.

"Alla reser sig", sade fogden. "Domstolen i denna provins är nu samlad. Den mycket ärade domaren Delvecchio är ordförande."

Domaren tackade alla som var närvarande och satte sig ner. Bailiffen indikerade att alla i rättssalen skulle göra detsamma.

Ribby tittade på kvinnan som höll sin mors öde i sina händer. Hon hade vänliga ögon, även på detta avstånd, och Ribby hoppades att kvinnan skulle visa barmhärtighet.

"Martha Balustrade, jag finner dig skyldig till alla anklagelser."

Det blev kaos i rättssalen.

Domare Delvecchio ställde sig upp och ropade: "Tystnad!" Hon föll tillbaka i sätet. "Jag är redo att avkunna domen nu." Hon gjorde en paus. Alla närvarande höll andan.

"Martha Balustrade, du döms till tjugo års fängelse."

Martha förblev tyst.

Ribby ställde sig upp och sade: "Men hon gjorde det inte."

"Ordning, ordning!" sa Delvecchio och slog ner ordförandeklubban. "Ordning, annars utrymmer jag den här rättssalen!"

Håll käften Ribby! Håll käften, Ribby!

När det blev tyst talade domaren till Ribby. "Och vem är du?"

För Guds skull, Ribby, håll käften.

"Herr domare, mitt namn är Rebecca Balustrade, men alla kallar mig Ribby. Jag är Marthas dotter."

Röster hördes. Mer kaos. Domaren hotade med att tömma rummet igen. Hon bad Ribby att fortsätta.

Anglophone gick in.

"Min mor är oskyldig och jag vet att det är sant."

Ribby, snälla.

"Och hur vet du det?" frågade domare Delvecchio.

Det var tyst ett ögonblick eller två, medan Ribby knöt och släppte sina knytnävar precis som Angela hade lärt henne.

Ribby försvann och Angela tog över. Hon rotar i sin handväska, tar fram en cigarett och tänder den. Hon drar ett bloss, släpper cigaretten på golvet och stämplar ut den. Hon tittade i riktning mot domare Delvecchio.

"Hon, Ribby, vet ingenting. Hon är så omogen att hon skapade mig - hennes låtsasvän - och hon är i trettioårsåldern. Hon har varit tvungen att hantera mycket i sitt liv, inklusive att leva med den dåliga ursäkten för en mamma." Angela vände sig om och pekade på Martha.

Tårarna rullade nerför Marthas kinder.

Angela. Nej, Angela.

Angela fortsatte: "Så jag gjorde de saker hon inte kunde göra. Allihop."

Alla lutade sig framåt. Hon hade deras fulla uppmärksamhet. Publiken hängde på varje ord. Hon kände sig stärkt, som om hon var med i en Shakespeare-pjäs och framförde en monolog. Hon hade aldrig varit ett fan av Bard, men Ribby läste honom. Han tråkade ut henne till tårar. "Vad gäller Wheeler-personen så våldtog han faster Tizzy. Jag hade inget val. Jag var tvungen att få bort honom från henne. Han höll på att döda henne."

Angela slutade prata. Hon vände blicken först mot Anglophone, sedan mot Martha innan hon vände sig tillbaka mot domaren.

Hennes åhörare hade väntat tillräckligt länge. "Jag bestämde mig för att göra mig av med kroppen. Planen var att köra honom utför klippan i hans skåpbil. Skönt att slippa honom. Han var inte värd något mer. Tizzy skulle hoppa ut ur bilen innan den störtade, men det gjorde hon inte. Hon åkte också över."

Martha stod upp. Hon försökte tala, men hennes advokat tystade henne och drog sedan ner henne i sätet igen.

"Ordning! Ordning!" Domare Delvecchio skrek. "Jag kommer att utrymma rättssalen om inte alla tystnar."

Angela gick bort till Marthas bord. Hon hällde upp ett glas vatten åt sig själv. Tog en klunk och tittade tillbaka på domaren som sa: "Vi väntar."

"Jag brukar inte få prata så mycket", sa Angela. "Inte högt i alla fall. Det är ett törstigt arbete."

Det skrattades en del i rättssalen. Domare Delvecchio blev otålig och slog ner sin klubba flera gånger. Hon reste sig upp och öppnade munnen....

Angela avbröt. "Jag erkänner också mordet på en dörrvakt på andra sidan stan. Jag dödade honom i självförsvar eftersom han försökte våldta mig."

Vad? Angela? Angela?

Du vet ingenting, Ribby.

Angela tog en paus. "Så här står jag inför er. Skyldig till allt. Jag berättar inga lögner för er. Jag gjorde dessa saker, men Rebecca, jag menar Ribby Balustrade, är oskyldig. Du förstår, från början kunde jag blockera henne. Jag kunde helt ta över henne. Så om ni vill åtala någon så måste ni åtala mig. Saken är den att jag inte ens existerar. Jag är inte Ribby. Jag är Angela."

Anglophone reste sig.

Angela sa: "Hon förlorade sin oskuld utan att veta om det. Hon vet fortfarande inte."

Ribby skrek.

Anglophone knuffade sig fram längs sin rad, ut och in i mittgången. Han höjde sin käpp i luften och blev omedelbart avväpnad och tacklad till marken. När han släpades bort från förhandlingarna skrek han: "Jag är Theodore Anglophone!"

Ingen brydde sig.

"Ordning i domstolen! Jag sa ordning!" Domare Delvecchio skrek medan hon slog på ordförandeklubban flera gånger. När alla var tysta sade hon: "Mot bakgrund av denna nya information avskrivs målet. Martha Balustrade, du är fri att gå. En ny rättegång kommer att inledas omedelbart efter en psykiatrisk bedömning. Poliser, vänligen för ms Balustrade till häktet i väntan på vidare utredning."

Martha stod med tårarna rinnande nerför ansiktet, "Men jag erkänner mig skyldig. Jag accepterar domen. Lås in mig, snälla. Låt min dotter gå."

"För lite och för sent, kära mamma."

Hammaren slog igen och domaren sa: "Det här är en domstol och vi dömer mördare här, inte dåliga mödrar. Jag skulle kunna döma dig för domstolstrots. Jag kan bötfälla dig för att ha slösat bort domstolens tid. För mened. För att ha skyddat en mördare. För att hindra rättvisan. Fattar ni kontentan? Jag råder dig att gå din väg och låta domstolen göra vad vi måste. Rättegången är nu avslutad. Utrym rättssalen." Domare Delvecchio ställde sig upp. Alla andra följde efter och såg på när hon försvann in i sin kammare.

Martha såg sin dotter när poliserna satte på henne handbojor och förde bort henne. Angela tittade på Martha över axeln och flinade. Det var nästan som om den blicken stoppade Marthas hjärta, eller det var så de berättade historien efteråt. Martha föll till golvet och avled innan ambulansen hann fram.

Kapitel 71

MARTHA BALUSTRADE BEGRAVDES MED sin dotter närvarande. Ribby vaktades av två poliser och var klädd i sin grå fängelsedräkt med händer och fötter bundna. Vakterna placerade några blommor i hennes händer. Hon kastade dem på kistan när hon tog sitt sista farväl.

Är det inte Anglophons limousine?

Ja. Jag undrar varför han inte kliver ur.

Efter hans uppträdande i rättssalen är det förvånande att han ens är här.

Han kände knappt min mamma.

Jag har fortfarande ingen aning om vad han försökte göra.

Han hade tur att de inte sköt honom.

Anglophone var där men valde att stanna kvar i sin limousine. Han övervägde att kliva ur några gånger och visa sin respekt. Han övervägde också att erkänna allt. Istället för att ta itu med saker och ting beordrade han sin chaufför att köra honom hem.

Han sov lite på vägen och när bilen körde fram till huset såg han ett orange kuvert sticka ut ur brevlådan. När han hade läst det rev han sönder det.

Anglophone ringde tillbaka till sin chaufför. "Kör mig till biblioteket."

När Anglophone kom fram hade elden brunnit ut.

Anglophone tittade på de svarta spillrorna. Allt som återstod av Rosemary. Han insåg att det var därför Stephen inte hade fått träffa sin mor. Varför han hade tvingats ställa till med ett sådant rabalder på sjukhuset. Idioterna hade låtit henne rymma. Han fick nästan dåligt samvete för att ha dragit in hans lön. Nästan. Han var tvungen att ringa sjukhuset, få hit dem för att samla ihop hennes delar. De skulle täcka upp det, eftersom han var deras största donator. Hålla det borta från tidningarna. Ingen skulle någonsin bli klokare. Rosemary var ju trots allt redan död. Genom att begå självmord hade hon i själva verket gjort det omöjligt för Stephen att någonsin få veta vem hans far var.

Anglophone var omskakad när chauffören skjutsade hem honom. Han förväntade sig att Tibbles skulle vara där, för att hälsa på honom och trösta honom - men det fanns inga tecken på hans betrodda betjänt.

"Tibbles!" ropade han.

Hans röst ekade i hela huset, men det kom inget svar. Anglophone var för utmattad för att försöka hitta honom. Han gick till sitt rum, drog upp speldosan och somnade en liten stund.

När han vaknade kände han en skräck gå genom sin själ och han skrek efter Tibbles. Han drog och drog i klockan så många gånger att den återigen föll ner från taket. Ändå kom ingen.

Han kände sig mycket ensam, och det var han.

Förutom Tibbles som var död i sitt eget rum och Abbey som var begravd under rosorna.

Kapitel 72

E FTER EN OMFATTANDE PSYKIATRISK bedömning gick Ribbys rättegång snabbt. Hon dömdes till tjugo års fängelse. Tio år för varje mord, minus avtjänad tid. Tizzys död hade bedömts vara ett självmord.

Ribby grät oavbrutet i flera dagar som blev till veckor. Hon klarade inte av att hantera den fientliga miljön. Hon överlevde på gränsen.

"Hon pratar med sig själv igen", sa Ribbys cellkamrat Shona. Shona hade dömts för morden på sin man och sina två barn.

Fängelsevakten kom för att bedöma situationen. Han såg Ribby kura och gunga på sin säng. Han tillrättavisade Shona och sa åt henne att sluta skrika, annars skulle han sätta henne i isoleringscell.

"Kom igen nu", sa Shona. "Jag har inte gjort någonting."

"Ett ord till och du åker ner till isoleringen", sa vakten.

Shona sträckte ut tungan i trots när vakten vände ryggen till och gick iväg. Hon stod och tittade på honom i några sekunder innan hon vände sig om och mötte Ribby. "Jag tittar på dig, bitch!"

Ribby vände ansiktet mot väggen.

"Vänd inte ryggen mot mig, bitch!" sa Shona och gav henne en knuff.

Angela reste sig och tog ett strupgrepp på Shona. Hon knuffade henne mot den bortre väggen med en kraft som överraskade cellkamraten. Shonas huvud slungades tillbaka. Det sprack när det träffade de kalla tegelstenarna.

Med händerna runt Shonas hals sade hon: "Låt mig klargöra några saker. Nummer ett, du kommer inte att prata med mig. Nummer två, du får inte röra mig. Och nummer tre, om du gör någon av de två saker jag just nämnde kommer jag att döda dig."

Shonas ögon simmade runt i sina hålor. Hon försökte svara men att kippa efter luft var allt hon kunde göra. Kvinnan samtyckte med en nick.

Angela återvände till sin säng, men innan hon lade sig på den tunna madrassen tog hon lite vatten och kastade det i ansiktet på Shona. Denna handling fick cellkamraten att vakna upp ur sin dvala.

Shona spred ordet om Ribby. Hon var en tuffing som man inte skulle bråka med. Några andra försökte, men Angela slog ner dem direkt. Hon hade fått nog av Ribbys snyftande och offerroll för en hel livstid.

Åren gick. Cellkamrater kom och gick.

Angela behöll full kontroll. Hon var både respekterad och fruktad. Med tiden ägde hon stället.

Det var hennes fängelse nu och hon hade kontroll över det och över Ribby. Livet gick att leva.

Kapitel 73

E FTER NåGRA åR GJORDE Anglophone ett oväntat besök i fängelset. Han besökte inte Ribby. Istället träffade han den nyutnämnde fängelsedirektören, J.B. Bedford. Bedford var barnbarn till en gammal bekant som var skyldig honom en tjänst.

"Jag skulle vilja finansiera ett bibliotek här", sa Anglophone. Anglophone var hårlös nu. Hans kropp skakade hela tiden och han kunde inte stå upp länge.

"Det är mycket generöst av er", svarade Bedford. "Men om jag ska vara ärlig så skulle de intagna behöva donationer av många saker. Jag menar, före böcker."

Anglophone lutade sig nära Bedford. "Gör en lista och skicka den till mig. Pengar är inget problem, men ett bibliotek är ett måste och det snabbt. Jag är en gammal man."

"Visst", sa Bedford. "Om du har pengarna kan vi till och med döpa det efter dig."

"Nej", sa Anglophone. "Jag vill inte ha något erkännande. Men jag skulle vilja att du involverar en av de intagna. Hon kan hjälpa till med att skapa och underhålla själva biblioteket. Hennes namn är

Ribby Balustrade. Hon är en kvalificerad bibliotekarie. Naturligtvis kommer jag att donera lådor fulla med böcker."

Bedford kände till Ribby Balustrade. Hon var en ballbreaker som under sin vistelse hittills hade stigit till toppen som den nya drottningen av flocken av intagna. Bedford låtsades inte om sin förvåning när han sa: "Hon verkar verkligen inte vara bibliotekarietypen."

"Ribby Balustrade är verkligen bibliotekarietypen. Är vi överens om det?"

"Javisst", svarade Bedford.

"Åh, och en sak till", sa Anglophone. "Hon får aldrig veta om min inblandning. Jag menar, aldrig."

"Uppfattat", sa Bedford.

N**är Angela hörde nyheten** om det nya biblioteket blev hon inte glad. Bibliotek och böcker var töntigt. Hon hade arbetat hårt på sitt rykte. Hon ville behålla sin status i fängelset. Hon var tvungen att hålla sin profil uppe. För att upprätthålla rädslan. Utan rädsla skulle hon förlora allt hon hade arbetat så hårt för. Hon skulle inte kunna skydda Ribby om hon alltid svansade runt i biblioteket.

Om du vill att jag ska skydda dig, så måste jag vara ansvarig här.

När fångarna har ett bibliotek har de något att göra. Det kommer att bli bättre.

Herregud, Ribby, kan du vara så dum? Är det sant?

Innan idén om biblioteket hade Ribbys personlighet gärna tagit plats i baksätet. Nu dök den upp igen. Ribby kände sig nästan lycklig.

Jag kommer att kunna hjälpa andra. Introducera dem till böcker. Och som bonus kommer jag att kunna läsa vad jag vill.

All tid i världen att tråka ut oss och sätta en måltavla på våra ryggar.

Det kommer att bli bra. Det vet jag.

Väck mig när det är över.

R IBBY STOD I MITTEN av det oanvända rummet. Det skulle snart göras om till bibliotek. Det var rymligt nog, men de nakna träbjälkarna i taket var fula. Likaså de kalla tegelväggarna och skiffergolven. Väggarna kunde hon fixa genom att klä dem med bokhyllor och golven med mattor. Taket var dock en helt annan fråga.

Lådor anlände dagligen, fyllda med gamla och nya böcker. Några av lådorna behövde öppnas med en kofot. I lådorna var böckerna inbundna i kategorier med rep. Ribby fyllde hyllorna och ställde allt i ordning.

När det nya biblioteket var klart stod Ribby bredvid fängelsedirektör Bedford. De intagna samlades för den stora invigningen. En bandklippningsceremoni ägde rum.

Hennes medfångar gick in i små grupper. Ribby visade upp stället. Hon var stolt över borden och stolarna, mattorna. Och böckerna, så många böcker! För att inte tala om skjutbara stegar för enkel tillgänglighet. En sak som de dock inte kunde ändra på var träbjälkarna i taket. De var fortfarande fula, men belysningen hjälpte till att dölja det.

De flesta av de intagna reagerade positivt på biblioteket. Förutom Angela.

Ribby, de där kvinnorna är extremt farliga. Det är bara en tidsfråga innan de ger sig på oss igen.

Var inte löjlig. Det här biblioteket förändrar allt.

Ribbys besatthet av det nya biblioteket gav Angela alla skäl att hålla sig borta mer och mer.

En eftermiddag pratade Ribby med fängelsedirektören om att starta en bokklubb. Han tyckte att det var en bra idé, men eftersom de bara hade ett exemplar av varje bok skulle det vara svårt att driva en traditionell bokklubb. Ribby frågade om hon kunde kontakta lokala bokhandlare och be om ytterligare exemplar. Bedford slängde till henne några mynt till telefonautomaten. Det tog henne ett par dagar att få ett ja, sedan kom en donation på tjugofem böcker. Den allra första boken i fängelsets bokklubb skulle bli Fjodor Dostojevskijs Brott och straff.

När de första tjugofem exemplaren hade blivit tillgängliga pratade de intagna om boken. De ville också läsa den. Konceptet med en månatlig bokklubb förvandlades till en bokklubb varje vecka. Internerna stod i kö för att få vara med.

När ska vi någonsin få ha lite kul?

Det här är kul och vi gör skillnad. Titta på de andra fångarna. Vi gör något bra här.

Du är så snäll.

Tack så mycket.

Du satte tråkigt i ordet tråkigt.

Så, försvinn då. Jag behöver dig inte längre.

Direktören märkte en stor skillnad i de intagnas uppförande. Han kallade in Ribby till sitt kontor. Han tackade henne för förslagen. Som ny fängelsedirektör var han angelägen om att sätta sin prägel, och Ribby hjälpte honom att sticka ut.

Han frågade om hon hade några andra idéer om hur hon skulle kunna förbättra situationen för sina medfångar. Ribby föreslog författarläsningar. Direktören sa att han kände någon som kände en populär Maine-författare. Ribby skickade ett brev via direktörens vän, där hon nämnde att bokklubben snart skulle läsa Stand By Me. Snart donerade författare från hela världen böcker och bad om att få komma till fängelset för att diskutera sina böcker.

Fängelsedirektören kallade återigen in Ribby och frågade om hon hade några andra idéer. Hon nämnde en familjedag då internerna kunde läsa för sina barn. Hon såg ofta familjer tillsammans i mötesrummet omringade av fängelsevakter. Barnen såg ut att vara för rädda för att prata. Detta var ineffektivt för hela familjen. Hon föreslog att man skulle stänga av en del av biblioteket, där en familj i taget kunde läsa tillsammans. Fängelsedirektören tyckte att det var en utmärkt idé och erbjöd sig att göra ett försök. Genom mun-till-mun-metoden fick man in fler donationer från bokhandlare. De lade till en avdelning för barn.

Ribbys nästa förslag: att lära interner som inte kunde läsa att göra det.

Därefter bad hon om donationer för att inrätta en jobbhörna. Datorer kom in och kopplades upp mot WI-FI så att internerna kunde arbeta med sina CV:n innan de släpptes ut.

Ryktet spred sig i hela fängelsesystemet. Fängelsedirektör Bedford fick hyllningar och utmärkelser. Han misslyckades aldrig med att nämna Ribbys bidrag.

✳ ✳ ✳

En LÅDA MED BÖCKER behövde fortfarande packas upp. Ribby skar upp den. På baksidan av omslaget fanns en man i silhuett.

Anglophone.

Tror du att han gjorde allt det här? Och varför märkte vi inte att det var han tidigare?

Jag är inte säker, det verkar uppenbart nu. Men jag undrar varför, varför gjorde han det?

Skuldkänslor? Ånger?

Kärlek?

Ribby var högst upp på stegen när Angela drog åt repet runt träsparven. Hon gjorde en snara och placerade sitt huvud i den. När hon var klar började hon mässa:

Goody Two-shoes, Goody Two-shoes!

Ribby stod stadigt. Hon tog bort repet från sin hals.

Nej, inte alls.

Angela ansträngde sig för att få kontroll, tog tag i repet och placerade återigen huvudet i det. När hon knuffade sig ner från stegen lyckades Ribby hålla fast det översta trappsteget med ena handen. Med repet fortfarande fäst runt halsen hängde Ribby på för sitt liv.

Angela försökte skjuta ifrån igen, medan hon fortfarande nynnade på melodin. Kraften fick Ribbys hand att lossna.

Ribby och Angela hängde ett ögonblick och såg sedan ut att flyga mot ljuset. Men repet var inte tillräckligt långt. De pendlade och kolliderade sedan med stegen. Den slungades i sidled och knuffades iväg till den bortre väggen där den landade med en duns.

Ambulansen kom för sent.

Epilog

Några år senare kom ett brev från Anglophones advokat adresserat till Stephen.

I brevet avslöjades sanningen: Stephen var Anglophones son och enda arvinge.

"Något intressant?" frågade hans fru Viveca.

"Inte alls", svarade Stephen och slängde den i elden.

Det lyckliga paret satt tillsammans i soffan medan deras dotter Rebecca läste en bok.

Citat

"Fru borgmästarinna klagade över att potatisen var
kall;

"Och allt ditt fiolspel", sade hon.

"Varför då, Goody Two-shoes, vad kan det vara?

Håll dig, om du kan, till ditt småprat", sade han."

CHARLES COTTON

Ord från författaren

Kära läsare,

Tack för att ni läste Ribbys hemlighet. Jag hoppas att ni tyckte lika mycket om att läsa den som jag tyckte om att skriva den!

Ribbys hemlighet började först som en novell 2011. Berättelsen slutade med att Ribby spottade i Marthas drink.

Det dröjde inte länge förrän Angela började prata med mig. Jag ignorerade henne och sa att projektet var avslutat, men hon envisades.

Sedan kom Theodore Anglophone.

Åtta år senare är vi här.

Jag vill tacka mina korrekturläsare och beta-läsare - de har varit många under årens lopp. Sist men inte minst tack till mina slutredaktörer LF & MC - ni två damer ROCK!

Tack också till min man och son, för att ni alltid finns där för mig.

Som alltid - trevlig läsning!
Cathy

Om författaren

Den flerfaldigt prisbelönta författaren Cathy McGough bor och skriver i Ontario, Kanada tillsammans med sin man, son, två katter och en hund. Om du vill skicka e-post till Cathy kan du göra det här: cathy@cathymcgough.com
Cathy älskar att höra från sina läsare.

Även av:

FIKTION

Allas barn

13 noveller (innehåller bl.a:

*Paraplyet och vinden

*Margarets uppenbarelse

*Maskrosvin (FINALIST I READERS' FAVOURITE BOOK AWARD))

Intervjuer med legendariska författare från andra sidan jorden (2:a plats för bästa litterära referens 2016 METAMORPH PUBLISHING)

Gudinna i plusstorlek

ICKE-FIKTION

103 Insamlingsidéer för frivilliga föräldrar med

skolor och team (3RD PLACE BEST REFERENCE 2016
METAMORPH PUBLISHING.)

+

Böcker för barn och unga vuxna.